先輩と僕

総務部社内公安課 FILE

愁堂れな

角川文庫
23733

SENPAI TO BOKU

目次

主な登場人物

真《ま》木《き》和《かず》実《み》

義人の大学時代の先輩。藤菱商事では経理部に所属している。優しく、頼り甲斐のある性格。

宗《むね》正《まさ》義《よし》人《と》

23歳の新入社員。海外でのインフラ整備を夢見て藤菱商事に入社した。正義感溢れる素直な性格。

大《だい》門《もん》一《はじめ》

総務部第三課の課長。ぼんやりした雰囲気の中年だが、実は……。

桐生《きりゅう》颯《はや》人《と》

第三課メンバー。茶髪でチャラい雰囲気だが、面倒見はよい。

三《さん》条《じょう》彩《あや》花《か》

第三課所属の派遣社員。30代半ばの女性。ゲームが大好き。

イラスト／ジワタネホ

1

光陰矢のごとし。

僕、宗正義人《むねまさよしと》が藤菱《ふじびし》商事に入社して、早半年が過ぎた。

大学生のときに想像していた『サラリーマン生活』とは多少――どころか、まったく違うものの、ようやく仕事にも慣れてきたところだ。

海外の貧しい国の人々の生活を少しでも豊かにできるよう、現地のインフラを整備する仕事に携わりたい。それが商社を志望した動機だった。ある事情から藤菱商事の学生人気は最悪となり、内定辞退者が相次いだ。それゆえ、今年の新人は九割がた希望する部署に配属されたというのに、僕は『されない』ほうの一割に入ってしまったのだ。

海外インフラを担当する営業部が希望だった僕の配属先は総務部第三課で、営業ですらなかった。しかも執務室は、普通のエレベーターは停まらない地下三階、仕事は事務用品の補充や切れた電球の交換と聞かされ唖然《あぜん》とした。

初日に顔を合わせたメンバーは、やる気のなさそうなチームリーダーと、チャラい茶髪の先輩、それに愛想のない派遣の女性で、正直な話、目の前が真っ暗になったものだ。

しかし総務三課には『裏の顔』があった。普段は雑用をこなしつつ情報を集め、社内に蔓延《はびこ》る『悪』を見つけ出し撲滅するという、ドラマの世界といわれたほうがまだ納得できる、物凄《ものすご》く特殊な課だったのである。

新人の僕がこの課に配属されたのは、尊敬する大学の先輩が推薦してくれたからだった。先輩の名は真木和実《まきかずみ》。頭脳明晰《めいせき》スポーツ万能リーダーシップに溢《あふ》れるという、非の打ち所がないという言葉は彼にこそ相応《ふさわ》しいと心から思える憧《あこが》れの先輩だ。表向きの所属は経理部だが、それは社内の悪事を探るのに潜入しているためで、彼もまた総務三課のメンバーである。

因《ちな》みに『やる気のない課長』は大門一《だいもんはじめ》、やる気がないどころか、すぎるくらいの切れ者だ。チャラい茶髪の先輩は、桐生颯人《きりゅうはやと》。相手の懐に飛び込むのが得意で、特に女子社員からの情報収集力が素晴らしい。

愛想のない派遣さんは三条彩花《さんじょうあやか》。普段は化粧っ気がないが、メイクで派手派手しい美女に変身する。ハッキングを始め数々のスキルを保有している超有能な女性だ。

そして僕は、というと——自分で言うのも悲しいが、これといった取り柄はない、強いて挙げれば若さだけが取り柄の、ごくごく平凡な男だった。特に成績優秀というわけでもなければ、ハッキングなんて勿論《もちろん》できない。運動神経も、悪くはないが特別よくもない。

真木がどうして僕を推薦してくれたかは正直謎だ。買いかぶられているんじゃないかと思わなくもないのだけれど、先輩の期待には応《こた》えたいし、何より、社内の『悪』を撲滅したいと心から願っているので、一日も早く一人前になれるよう、日々精進している。

僕の日常の業務は主に情報収集だった。各フロアにある事務用品コーナーの補充をしつつ、社員たちの噂話からコンプライアンス違反が行われていないかを探っていく。

桐生から引き継いだのだが、最初のうちは雑談なんて夢のまた夢、という感じだった。人見知りというわけではないのだけれど、桐生のように全方向への社交性があるわけではない。桐生には、焦りは禁物、時間をかけて土壌を作っていけばいいからと言われていたが、半年が過ぎた今、ようやく皆から気軽に声をかけてもらえるようになった。誰も聞いていなかろうが元気な声で挨拶《あいさつ》をしていたのが功を奏したのかもしれない。

桐生は『チャラい』キャラで皆の親しみを誘ったが、僕はどうしよう、と考えた結果、『人畜無害』キャラでいくことにした。チーム内や部内の不満を明かしても、どこにも誰にも影響を与えないであろうキャラだ。

愚痴に共感し、共に憤ったあとに、誰にも言わないので安心してほしいと安堵《あんど》を与える。自分でよかったら愚痴でもなんでも聞きますから、何せ暇ですし、という台詞《せりふ》を言って納得してもらえるようなキャラとはどういうキャラか、自分でもあれこれ考えたし、課の皆にも相談した。とはいえ、

「そのままでいいんじゃない？」

と三条があっさり言うのに、皆が頷《うなず》いて終わってしまったのだが。

しかしそれが『正解』だったようで、半年を経た今、狙ったとおり僕は『人畜無害』な新入社員、かつ愚痴を言っても大丈夫な相手として認識されてきた——ような気がする。主に相手は同年代の事務職だし、愚痴も『まともな仕事が回ってこなくて雑用ばかり』といった、コンプライアンス違反とは関係ないような感じのものばかりではあるが、桐生曰《いわ》く、最初はそんなものだということなので、くさらず頑張りたいと思っている。

愚痴は言うほうは気が晴れるが、聞くほうは気が滅入《めい》るのだ。それに、どう考えてもそれはあなたが悪いのでは、と言いたくなるような自分勝手な愚痴もある。そうした相手に同調しながら話を聞くというのは相当なストレスだし、そもそも気を許した友人ならまだしも、顔見知りくらいの相手の心に寄り添うのには、かなりの気力がいる。気の合う仲間と過ごすことが多かった学生時代には知り得なかったつらさだが、社会人になれば大なり小なり受ける洗礼だと腹を括《くく》っている。

そういったわけで今日も僕は、各フロアにある事務用品コーナーで、ちょうど付箋《ふせん》を取りに来たベテラン事務職から、

「ちょっと聞いてよ」

と声をかけられ、彼女の愚痴に付き合うことになった。

「またうちのチームの事務職の三年目の子、体調不良って嘘ついて休んでるのよ」

「え？　またですか？　二週間くらい前にも休んだんじゃなかったでしたっけ？　違ったかな……」

愚痴を聞き出すポイントは『適度に覚えている』こと。鮮明すぎると逆に、自分に興味がありすぎるのではと引かれるのでその辺のさじ加減が大切となる。

「そうそう。覚えててくれたんだ」

少し嬉《うれ》しそうな様子となった彼女の名前は田中絵理《たなかえり》。『さじ加減』には成功したようだと安堵しつつ、話の先をさりげなく促す。

「嘘ってどうしてわかったんですか？」

「SNSの裏アカよ。この間、同期から教えてもらったの」

「裏アカ！　凄《すご》い。よくわかりましたね。どうやって見つけたんですか？」

裏アカというのは、本人のプロフィールを隠しているものなのに、と感心し、方法を問い掛ける。相手が話しやすいような問いを挟むと話がサクサク進むという技を試みたのだが、それも無事に成功したようだ。

「それが」

と絵理が心持ち声を潜め、話し始めたのだ。

「同期の妹が2・5次元俳優の追っかけをしてるんだけど、彼女も同じ俳優の追っかけだってことがわかったの。ファンの間でも有名なんだって。なにせ全通するから」

「全通ってなんですか？」

知らない単語だ、と問いを挟んだが、答えを聞いてびっくりした。

「全公演、観劇するってこと。東京だけじゃなく地方もよ。二、三十回ある公演、全部観るために休んでるのよ。体調不良って嘘吐いて」

許せなくない？　と憤る彼女の気持ちは勿論よくわかる。が、それ以前に、同じ公演を三十回も観るということ自体に僕は驚いていた。

「毎回違うことやるというわけじゃないですよね？」

「アドリブとかはあるけど、基本は同じよ」

「なのに三十回も観るんですか？」

「舞台は生き物だから、らしいわ。友達の妹さんも複数回観ているって。ファンの間では、何度も観るのは普通みたいよ」

「そういうものなんですね……」

僕の友達にアニメ好きの男がいたが、彼も同じ映画を何度もリピートしていた。好きなものは繰り返し観たくなるものなのかもしれない。にしても、とその回数には驚いてしまうが。

「三十回か……」

「あ、三十回は普通じゃないわよ？　そもそもチケットが取れないし。人気公演だから」

「どうやって取ってるんですかね？」

それなら、と問い掛けた僕に絵理が吐き捨てる。

「お金にものをいわせてるんじゃない？　知らないけど」

忌々しげに言い捨てられた言葉に僕はひっかかりを感じ、問いを重ねた。

「チケットっていくらくらいするんですか？」

「一万円前後じゃないかしら」

「えっ。ってことは、三十万円もかかってるってことですか？」

大金じゃないかと驚く僕に、

「交通費や宿泊費入れるともっとよ」

と絵理が肩を竦《すく》める。

「親がお金持ちなんじゃない？　私たち事務職のお給料だけじゃ無理だもの。とはいえ、お嬢様って感じじゃないけど」

「……なるほど」

最後のは誹謗《ひぼう》中傷がちょっと入っているが、確か絵理のチームは事務職は二人だった。ということはもう一人が嘘をついて休んでいる間の仕事は、すべて彼女に降りかかってきているのだろう。

となれば多少の悪口も仕方ないなと思いつつ相槌《あいづち》を打ったところで、ちょうど彼女の担当者が近づいてきたため、話は終《しま》いとなった。

「やば。戻るわ。またね」

「がんばってください！」

せめてエールを、と小声で送ると、絵理はありがとうと笑って去っていった。今の話はちょっと気になると僕は密《ひそ》かに心の中のメモに書き留め、残りのフロアを回ってから、昼食前に地下三階に戻った。

「今日はお昼、どうする？　社食？　この時間だともう、パレスは混んでるかな。お弁当でも買ってここで食べる？」

今日は誰ともランチの約束がないようで、戻ったと同時に桐生が声をかけてくる。

「お弁当でいいですか？　ちょっと気になることがあって」

皆に相談したいのでこの部屋で食べたいと告げると、

「オッケー、そしたら買いに行こう」

といつもとかわらぬフレンドリーな口調で桐生がそう言い、立ち上がった。

「あ、僕、買ってきますよ」

「いやいいよ。見て選びたいし。ああ、決まってるなら俺が買ってくるけど？」

上下関係とは？　という、フラットな発言をしてくれるが、僕も見て選びたいと思ったので「一緒に行きます」と返事をし、大門を見やった。

「僕は桐生君と一緒でいいや。三条君は今日もお弁当？」

大門に問われ、三条が淡々と返す。

「お弁当じゃなかった日、ありませんよね？」

「未来のことはわからないじゃないか」

三条も大門も、これが通常運転で、特に三条が怒っているわけでもなければ、大門が屁理屈《へりくつ》を言っているわけでもない。自然体の二人のやり取りに、最初の頃は外野にいる

のにドギマギしていたなあと懐かしく思い出しつつ、

「そしたら行ってきます」

と明るく二人に声をかけた桐生と共に、地下三階をあとにした。

「とんかつにしようかな。大門さんにはヘヴィーかな。ま、いいか」

「じゃあ僕も」

特に食べたいものはなかったのだが、とんかつと聞くとその口になり、桐生と共にパレスサイドのとんかつ店でお弁当を購入する。

「ああ、そうそう、この間久々にお掃除の皆さんと同じエレベーターになったんだけど、皆、義人のこと褒めてたよ」

学生の頃からの知り合いである真木が僕を『義人』と名前で呼ぶため、今は桐生も僕を名前で呼ぶようになっていた。

「ありがとうございます！　嬉しいです」

桐生が清掃の皆さんと良好な関係を築いてくれていたおかげで、彼の後任の僕は本当に楽をさせてもらっていると思う。清掃の人たちは実に情報通であり、今までに何度も彼らの情報に助けられていた。とはいえ、そのことを当の彼らは気づいていないのだが。

「ゴミの分別をイントラで社内に呼びかけてくれただけじゃなく、実際の分別作業も手伝ってくれたって。まさに理想の孫だと言われてたよ」

「孫って。皆さん、僕の祖父母って歳じゃないですよね。もっとお若いだろうに」

「え？　そこ、気にする？　やっぱり義人はいい子だな」

「子って歳でもないんですけど……」

そんなことを言い合っているうちに地下三階の執務室に戻ってきた僕たちは、それぞれの席でお弁当を開き——予想どおり、大門は「とんかつかあ」と少しがっかりしていた——食事を始めた。

「それで？　何があった？」

食べながら早速大門が僕に問うてくる。

「実はちょっと気になる話を聞いたんです。不動産部住宅チームの田中絵理さんからなんですが、同じ課の三年目の事務職が体調不良と嘘をついてサボりまくっていると」

「嘘の根拠は？」

問い掛けてはきたが、桐生の表情からしてあまり興味を感じてはいないようだった。勤怠管理に関する個人の非行ととらえたのだろう。

「SNSの裏アカからだそうです。会社をサボって、人気の2・5次元俳優の舞台を全国追いかけていると聞きました」

「2・5？　ああ、二次元と三次元の間ってことか」

大門がなるほど、と頷《うなず》く横で桐生が、

「随分前から流行《はや》ってますよ」

と少し呆《あき》れた顔になる。

「全通といって、日本全国、二、三十回ある公演をすべて観るので有名だそうなんです。チケット代は一万円前後、地方へも追いかけるので交通費と宿泊費もかかる。三年目の事務職の平均給与は組合の資料で見られますが、その金額では賄えないのではないかと思って。家が裕福ということも考えられますが、ちょっと気になったというわけです」

「なるほど。そういうことか」

桐生が納得した声を出す。

「横領を疑ってるんだ、義人は。でもそれこそ三年目の事務職に横領は難しいんじゃない？　仕事的にもさ。できて部費くらいか。最近は部費を集める部も減ってるけど」

「そうなんですけど、人気の公演なので、お金にものを言わせてチケットを買っているのではとも言われていて、そんな大金が動いているとなると、やはり不正を疑ってしまうんですよね」

確かに三年目の事務職に横領の機会はなさそうである。やはり家が裕福なのか。そんなに裕福であるのなら、会社勤めなど辞めて堂々と好きな公演を全国追いかければいいように思うのだが。

うーん、と考えていた僕の耳に、三条がぼそっと呟《つぶや》いた声が響いてきた。

「見つけたわ。裏アカ」

「えっ」

てっきりいつものように、ポータブルのゲーム機で乙女ゲームを淡々とやっているのかと思っていたが、今、彼女が手にしているのはスマートフォンだった。

「ど、どうやって⁉　まだ名前だって……」

「殿村《とのむら》あおいでしょ？　父親は市役所勤務、母親は教師で妹と弟がいる。弟はこれから大学受験だし、お金が有り余ってるって感じではないわね。裏アカでは2・5次元のことしか呟いてないけど、三十万どころか、百万は注ぎ込んでいそうよ」

ほら、とスマートフォンの画面を差し出してきた彼女に僕はただただ、感心してしまっていた。

「……さすがです……」

「三条君、会社の人事データ、ハッキングするのは控えてね。あとで揉《も》み消すの大変なので」

大門が気弱そうな声を出す。

「見破られるようなヘマはしないので大丈夫です」

一方三条はどこまでも冷静で、やはり彼女が最強ってことかもしれないと改めて僕は実感していた。

「表アカも見つけましたけど、贅沢《ぜいたく》している様子はないですね。闇金で借金まみれというこどもなさそうだし、風俗等でバイトをしている感じもしない」

「となると、百万ものお金はどこから……？」

やはり、と疑いを濃くしたのは僕だけではなかった。

「三条君、本人に接触できそう？」

大門の表情に真剣味が増している。

「はい」

三条は即答したあと、スマホの画面を自分へと戻し、眺めながら喋《しゃべ》り出した。

「趣味が同じという体で近づきます。ちょうど明日、仙台《せんだい》で公演がありますね。チケットとれますか？　とれなかったら劇場外で接触しますが」

「朱雀《すざく》さんに聞いてみよう」

「あ、人気の公演だということでしたよ」

さすがに明日《あした》のチケットは無理ではと口を挟むと、横から桐生が、いやいや、というように首を横に振る。

「朱雀さんは顔が広いから。関係者席をゲットしてくれると思うよ」

「そうなんですか⁉」

「プライベートで利用しようとか思わないようにね」

声が弾みすぎたからか、すかさず大門が釘《くぎ》を刺してくる。

「しませんよ。そんな……」

大好きなバンドの、入手困難なライブのチケットを、なんて絶対想像していない――と己を律しつつ言い訳をしていた僕になどまるでかまわず、三条がぼそりと言葉を足す。

「関係者席だと食いつきが違うから楽できそう」

「たまには楽もいいんじゃない？」

大門の発言に三条が「そうですね」とやはり淡々と頷く。かつては夜の銀座《ぎんざ》の店にホステスとして潜入していたなと、僕は彼女の楽ではない仕事を思い出していた。

「そういや三条さんの好きなゲームも舞台化してなかったっけ？　今回の舞台と俳優、かぶったりしてないの？」

桐生がにやにや笑いながら三条に突っ込む。

「かぶってますね。私の推しキャラのキャストが出ています」

三条は相変わらず淡々としていた。が、心持ち口角が上がっている気がする。

「たまには楽もいいかと」

「『楽』は『楽』でも『楽しい』のほうだね」

大門がにこにこ笑って突っ込むも、三条は華麗にスルーしていた。どうも三条は大門に対しては一際きつい気がする。とはいえ大門はまるで気にする素振りを見せずに、笑顔のまま桐生へと視線を向けた。

「殿村あおいの担当業務と、彼女の周辺、調べてもらえるかな？」

「わかりました。三年目の事務職にそれとなくリサーチかけてみます」

さも容易《たやす》いことといわんばかりに即答する桐生を見て、さすが、と感心する。

愚痴を聞くことがようやくできるようになったとはいえ、もし僕が今の指示を出されたら右往左往するところだった。寮に入っていることもあって——これも大門が入れてくれたのだ——同期との絆《きずな》は深まったし、寮にいる若手からはそれなりに話を聞けるが、三年目の事務職に『それとなくリサーチ』をかける術《すべ》は持たない。

桐生は持ち前の人懐っこさと豊富な話題、それに少々チャラくはあるが外見もイケているので、女性社員にもてるし、彼のほうからもよく声をかけている。ランチもたいてい女性と約束しているが、それでいて二股《ふたまた》だの三股だのといった悪い噂が立つことがない。女性社員たちも桐生と恋人になりたいというより、皆で楽しく盛り上がりたいというように感じているのではないかと思うが、そうした空気は桐生本人が作ったものだ。

果たしてこの先、自分に桐生のような働きができるだろうか。先は長い、と、つい溜《た》め息をつきそうになっているところに、大門が声をかけてくる。

「事務職が横領を計画したとして、何が可能だと思う？　宗正君」

「ええと……そうですね」

他社の社内の不正について、ニュース報道のチェックは勿論《もちろん》怠っていない。事務職が横領したといったものもあったが、確か規模の小さな会社で経理業務を長年一人で担当していたといったケースだった。しかし殿村は不動産部、直接の入出金を扱うのは担当経理となるはずで、もし、振込先を誤魔化そうとしたとしても、当然、経理のチェックが入るはずだ。

取引先からの入金は横領が難しいだろう。となると、と考える僕に皆の視線が集まってくるのがわかる。きっと皆は色々な可能性を既に思いついているのだろう。僕の成長を確認するつもりとわかっては緊張も増す、と必死で考え、一つ思いつく。

「会社の備品をネットで売るとかですかね……？」

最近チェックしたニュースの中に、廃棄手続をするはずのパソコンを業者に売り捌《さば》いて多額の利益を得たというのがあったと思い出したのだ。それから、とそこから派生した別の考えも口にする。

「あと、住宅チームってマンションの建設とか販売とかの窓口なので、契約者向けのノベルティを売るとか……？　メーカーからも契約特典のサンプルをよく貰《もら》うと聞いたことがあります」

以前、絵理から、余っているからあげる、と、空調機メーカーの人気キャラクターのキーホルダーを貰ったことがあった。本来はエアコンを購入した人への特典で、メーカーの人がお土産代わりに持ってきてくれたのだという。

「そのくらいしかオイシイことないのよ」

と肩を竦《すく》めていたことを思い出したのだ。

「なるほどね」

大門が笑顔で頷く。

「ネット販売のサイトで彼女のアカウント探してみるわ」

と、三条がそう言い、スマートフォンを操作し始める。

「パソコンや会社の備品はともかく、他社からタダでもらったノベルティを売ったとして、罪になりますかね？」

　そんな彼女を横目に、桐生が首を傾げつつ大門に問う。

「懲罰の対象とまではいかないだろう。厳重注意、くらいかな」

　大門が肩を竦めて答えたあと「しかし」と言葉を足す。

「ノベルティを売るだけで百万もの大金は稼げないんじゃないかと思うしね」

「確かに。どんなレアものだとしても、万単位のお金にはなってないですね」

　三条がスマホの画面を見ながらぼそりと告げる。

「見つけたのかい？」

　早い、と驚く大門を、スマホから顔を上げ、三条が一瞥《いちべつ》する。

「他の部の社員がノベルティを売り捌いているアカウントを見つけました」

「なんと」

「他にいたとは――」

　大門と桐生が唖然《あぜん》とする。僕も勿論驚いていた。

「メディア事業部の木下《きのした》部長付。アニメ映画関連のノベルティグッズを多数出品しています。調査が必要となりますね」

　ほら、と三条が画面を皆に示してくれたが、隠す気はあるのかと呆《あき》れるほど堂々と、僕でも知っている人気キャラクターたちのノベルティグッズがずらりと並んでいた。

「自分で映画館に通ってゲットした、という言い訳も立ちますからね」

淡々と言葉を続ける三条に大門が頷《うなず》く。

「そうだね。こっちの調査は真木君にお願いすることにしよう」

「今日は真木は？」

桐生が僕に問うたのは、寮が一緒だからだった。

「出張で大阪に行ってます。事業会社のモニタリングだそうです」

「経理でもコッチみたいな仕事してるんだね」

にっこり笑う大門に、桐生が「そういえば」と問い掛ける。

「真木はいつまで経理に？　架空取引の件は一応カタがついたんですよね？」

「そうなんだが、朱雀さんが別件でちょっと気になることがあるそうでね。引き続き経理を見張ってもらうことになったんだ」

「そうだったんだ。気になることってなんです？」

桐生の問いに大門が肩を竦める。

「秘密主義ですねえ、相変わらず」

「はは。時機がきたら教えてもらえるよ。今回は僕も知らされていないから」

「えっ？　大門さんも？」

驚いた顔になった桐生の横で、僕もまた驚いてしまっていた。

「それが本当だとしたら、相当なネタってことじゃないですか」

「『本当だとしたら』って。君がまだ僕を疑っていることはよくわかった」

苦笑しつつも目が笑っていなかった大門を前に「冗談ですって」と桐生が慌ててフォローに走る。

「まずは目の前の事案だ。三年目事務職がどのようにして百万もの金を手に入れたか。コンプライアンスに抵触しているかどうかを早急に調べよう」

「わかりました！」

「そうとなったら三年目女子に声かけないと」

ちょっと行ってきます、と桐生が食べ終わっていた弁当のゴミを手に立ち上がる。

「じゃあ私も準備にかかるので帰っていいですか？」

聞きながらも三条は既に荷物をまとめていた。

「もちろん。出張申請、忘れないようにね」

「もうしました」

それでは失礼します、と三条も立ち上がり、室内には僕と大門、二人になった。

「宗正君も、鼻が利くようになってきたね」

未《いま》だ食事の途中だった大門が、にこにこしながらそんな嬉《うれ》しいことを言ってくれる。

「ありがとうございます。とはいえまだ、横領していると決まったわけでもないんですが」

「いや、におうと僕も思ったよ。彼女、実家暮らしだから、風俗系のバイトも難しいだろうしね」

「しかし、三年目の事務職が本当にそんな大それたこと、やれるんですかね……」

疑っておいてなんだが、と言いながら矛盾に気づき、最後のほうはもごもごしてしまった。

「老若男女、いろんな人がいるからね。コンプラ違反をしそうな子は入社試験で弾《はじ》ければいいんだろうけど、みんな、外面はいいからねえ」

大門の言葉に、僕も大きく頷いていた。

「少なくとも、体調不良と嘘をついてサボってるわけですから。コンプライアンス違反を躊躇《ためら》いなく犯すタイプではあるということですよね」

「そういうことだ。さあ、午後も人間関係の構築、頑張って」

「はい!」

何をすれば社内で対人関係を構築できるのか。一から教えてもらえる時期はもう過ぎている。それだけ信頼を得られたということなので嬉しくはあるが、責任もそれだけ重くなっているということだ。

信頼を裏切らないよう、必死で考えるしかない。よし、と僕は拳《こぶし》を握り締めると、どうすればより、社員たちとのコミュニケーションをとることができるか、懸命に頭を働かせたのだった。

2

その日、僕は寮に帰ると不動産部の同期を探し、運良く食堂で夕食をとっている彼を見つけた。

「お疲れ。今日は早いね」

「おう、宗正。元気か？　早く営業に出られるといいな」

体育会アメフト部出身の同期の名は広瀬《ひろせ》という。気のいい男で、総務三課配属の僕を気に掛けてくれ、事務用品を補充しているときにも会話の機会が多い。

「ありがとう。ところでさ」

同じ部とはいえ人数も多い部署なので、殿村がよく休むという認識があるかどうかは半々かなと思いつつ、話題を振ってみることにする。

「不動産部の三年目事務職で、殿村さんって知ってる？」

「ああ、住宅チームの人だろ？　あ、もしかして田中さんに愚痴られた？　そういや今日話してたよな。事務用品コーナーで」

よく見ている、と感心すると同時に、もしや田中は部内で盛大に愚痴っているのかもしれないと気づく。

だとしたら心置きなく、と、一応探りつつ話題を振っていった。

「会社サボって追っかけやってるって本当なのか？」

「確かに休みがちではあるんだよな。去年くらいかららしいよ。メンタルをちょっとやられたって聞いたから、それで休んでるのかなと思ってたんだけど……」

追っかけとは初耳だ、と首を傾げている広瀬に、問いを重ねる。

「メンタルは何か理由が？」

「さあ。でも、部内の雰囲気は悪くないよ。今でこそ、殿村さんが休むから田中さんが怒ってるけど、それ以外は特に……とはいえ、俺がまだ入社前のことだから、知らない話もあるかもだけど。しかし追っかけか。マジだったら問題だよな」

「まだ、部内では噂になってないんだね」

広瀬が知らないところを見ると、と確認を取ると、

「事務職の間では広まってるかも」

と広瀬が何か思いついた顔になる。

「最近よく事務職が固まって話してるなと思っていたんだった。もしそれが本当だったらどうなることやら……だよ」

想像するだけで怖い、と肩を竦《すく》める広瀬から更に情報を引き出せるか試してみる。

「でもアシスタントがそんなに休みがちだと、担当者も大変だろう。殿村さんの担当者

って誰？」

「木村《きむら》さんだったかな。でも彼女の主な仕事は部内の庶務だよ。メール当番とか、あとは書類のファイルやコピー、それに契約書の袋とじとか印紙を買ってきたりとか。そうした庶務の仕事が彼女が休むと全部自分に回ってくるので、田中さんは怒ってるんだよ」

「なるほどね……」

納得したふりをしつつ僕は、殿村が庶務担当なら横領の可能性はますます低くなるなと心の中で呟《つぶや》いていた。

落胆しかけ、コンプライアンス違反がなかったのなら逆にいいことじゃないかと思い直す。もしかしたら学生時代のアルバイトで稼いだ貯金が潤沢にあるのかもしれないし、もしメンタルを壊して休職していたのなら、ご両親が娘に気を遣い、負担してあげているのかもしれない。

「田中さんからまた何か聞いたら教えてくれるか？　事実だとしたら問題だし。まあ事実じゃなかったら別の問題になるんだけど」

やれやれ、と溜《た》め息を漏らす広瀬に僕は、

「わかった」

と返事をし、そのあとはどうということのない話題を続けつつ、食事を終えた。

広瀬と食堂で別れたあと、部屋に戻ろうとしていた僕は、背後から声をかけられ勢いよく振り返った。

「義人、ちょっといいか？」

「真木先輩！　おかえりなさい！」

視線の先には、いつもとかわらぬ爽《さわ》やかな真木の笑顔があった。大阪から帰ってきたばかりだろうに、微塵《みじん》も疲れを感じさせない。

「赤福《あかふく》買ってきたから部屋で食べないか？」

「食べます！」

正直、食事を終えたばかりでお腹はいっぱいだったが、真木の誘いを断るなど、僕には考えられなかった。といっても真木を恐れているからでは勿論《もちろん》なく、誘ってもらえたことが本当に嬉しいからだ。赤福も好きだし、と僕は弾む気持ちで真木のあとに続き彼の部屋へと向かった。

「モニタリング、どうでした？」

部屋で真木は電気ポットのお湯でお茶を淹《い》れてくれた。赤福を二人で摘《つ》まみながら、出張に話題を振る。

「経理的な問題は解決されていたけど、マインドの改革はされていないみたいだったな。まずはコンプライアンスありきというのが腹落ちしていないというか……未《いま》だに利益をあげることが最優先といった風潮が残っている感じだったよ」

「昔はコンプライアンスより利益だったんですか？」

『未だに』ということは、と問い掛けると真木は、「ああ」と頷《うなず》き説明してくれた。

「以前は普通に売上計上の前倒しなどは行われていたしね。コンプライアンス違反は下手をすると会社存続にかかわるというのは、例の贈賄事件でさすがに本社の社員は身に染みている人が多いけど、子会社までは行き渡っていないなと今回感じたよ。もうそういう時代じゃないんだけどね」

真木が抑えた溜め息をつく。

「確かに……」

『例の贈賄事件』というのは、一昨年、フィリピンでの都市開発事業の一番札を得るため、入札を担当する政府高官に賄賂《わいろ》を贈ったことが発覚し、外国公務員贈賄罪で海外不動産部長が逮捕されたというものだ。部長は厳しい取り調べに耐えかね自殺をした。会社は全ての罪を部長に擦《なす》り付けるような発表をした。証拠不十分だったのか、はたまた何か闇の力が働いたのか、警察はその言い分どおり被疑者死亡のまま送致してしまったため、会社としては罪を問われることはなかったものの、どう考えても無理があるだろうと世間は見なし、今や藤菱商事の評判は最悪といっていい。

親会社がそんな事件を経ているのに、子会社のコンプライアンスに対する意識がまだ低いままというのは問題だ。いや、そもそも、親会社の社員の中にも『身に染み』ていない輩《やから》がいることを僕ら総務三課の社員はよく知っていた。

社員同士の飲みを接待費で落としていた人もいた。同性へのセクハラを堂々と行っていた社員もいたし、架空取引に手を染めている経理の課長もいた。半年の間に一体何人の社員の不正を暴いてきただろう。情けないよなあと溜め息をついてしまっていた僕は、真木に話しかけられ、はっと我に返った。

「義人のほうは？　不正の匂いを嗅《か》ぎ取ったと聞いたけど」

「それがあまり自信が無くなってきてしまって……不正は不正なんですけど」

「どういうこと？」

真木が不思議そうな顔になる。僕は、三年目の事務職である殿村あおいが体調不良と嘘をついて会社を休んでいること、休む目的は2・5次元俳優の追っかけで、『全通』をしているらしいこと、それには百万ほどかかると思われるので横領を疑ったものの、仕事は庶務がメインということなのでなんの権限もなく、さすがに横領はできないかと思い直したところだと説明した。

「何部の子だっけ？」

話し終えると真木が質問を振ってきた。

「不動産部です。住宅チームで、事務職は二人、ベテラン事務職の田中さんからの愚痴で知りました」

「住宅チームか……」

真木は少し考える様子となっている。

「あの？」

何か部署がひっかかるのだろうか。問い掛けようとした僕に真木が問いを重ねてきた。

「業務について、『庶務』の内容を詳しく聞いた？」

「あ、はい。ええと……」

たった今、同期から聞いたばかりなので、と彼の言葉を思い出す。

「メール当番とか、コピーとか。あとは売買契約書の袋とじや収入印紙の用意をしたりと、そんな感じでした」

「住宅チームは確か、自社物件のマンションの販売もしているよね」

と、真木が何か思いついた顔になる。

「はい、おそらく」

ひと月ほど前だったか、豊洲《とよす》に新しく建てた高層マンションの抽選販売が行われた。うちの社員は少しだけ安くなるとのことだったが、人気物件ゆえ、抽選には手心を加えることはないという話を聞いた気がする。蓋《ふた》を開けてみると不動産部長や住宅チームの課長も買えていたので、『手心』はあったのではないか、という話も聞いていた。

「契約書には印紙を貼るが、その金額が万単位なのは知ってるかな？」

真木に問われたが、恥ずかしい話、僕はそれを知らなかった。印紙といえば二百円の、あのグリーンのやつじゃないのかと驚くと同時に、閃《ひらめ》きが走る。

「もしかして！　印紙！　ですね？」

思わず声が高くなってしまったのは、横領の方法を思いついたためだった。

「あのマンションの販売戸数は五百近くあったと記憶している。販売額は三千万円台から億超えもあったが、それだけの契約数に対する収入印紙代は高額になるのは間違いない」

「余分に収入印紙を買ってそれをチケット屋などで売る……ということでしょうか」

「まあ、普通は誤魔化せないものだけれど、五百件の契約となればその辺のチェックが甘くなったというのはわからなくもないよね。それに」

と、真木が思い出す顔になる。

「不動産の部長をはじめ管理職は、昔ながらの営業スタイルを貫いている人が多い印象がある。業界がそうした雰囲気だからじゃないかと思うんだけど、皆、取り敢《あ》えずは現場に通うとか、接待を繰り返して親睦《しんぼく》を図るとか……IT関連にも明るくないと聞いたことがあるんだが、実際どうだろう?」

「あー、確かに。体育会系の人が多い印象があります。いや、体育会系がITに弱いというわけでもないんですが……」

近くを通ったときに、課長が社内システムの使い方を田中に聞いていた記憶が蘇《よみがえ》る。

「そうか。認証するのに内容をそんなにチェックしていない可能性もあるってことですね」

「それ以前に、勝手に認証しているかもしれない。IDとパスワードを知っていればできるから」

「……そういえば……」

秘書部で聞いたのだったか、ついている役員がIT関係が苦手で、よくパスワードを忘れてしまうから、秘書が手帳に認《したた》めているという話に、信頼関係があるとはいえパスワードを教えるとは、と驚いたのだ。

同じことが不動産部でも行われているかもしれない。頷いた僕に真木が話しかけてくる。

「調べてもらおう」

「はい。明日《あした》提案します」

「僕は経理で収入印紙が余分に購入されていないか、不動産部の経費精算のデータを確認してみるよ」

力強く頷く真木は、本当に心強かった。

「凄《すご》いです。先輩は……」

真木と話していなかったら、『やはり彼女には横領は無理』という結論を下してしまいそうだった。反省しかない、と自分を律しつつも僕は、なぜ自分は収入印紙が怪しいと気づかなかったのだろうと落ち込んでもいた。

ピンときてもよかったのだ。いや、ピンとくるべきだった。そもそも、高額な収入印紙があることを知らないというのは、社会人としてどうなのだろう。しかし落ち込んでいても始まらない。知らなかったことはこれから学んでいくしかない。よし、と密《ひそ》かに拳《こぶし》を握り締めていた僕は、真木の掌《てのひら》がぽんと頭に乗せられたことで我に返った。

「焦る必要はないよ。今回怪しいと気づいたのは義人なんだろう？　鼻が利くようになったんだ。充分、自信を持っていいよ」

「……ありがとうございます」

半年前だったら多分、見逃していただろう。少しずつでも進歩しているのだから、自分を責めることはない。真木の温かな言葉を聞き、僕の胸にその温かさが染みてくる。

「しかもそれがきっかけで、販促グッズの不正出品がひっかかってきたんだ。お手柄だよ。そっちは任せてくれていいからな」

そう言い、ふざけて大仰に胸を張って見せる真木は本当に頼もしかった。近い将来、僕も『任せろ』と胸を張れるように、そしてそれを見た皆が頼もしさを感じてくれるように頑張ろう。改めて心に誓っていた僕に真木は、それでいい、というように目を細め微笑みかけてくれ、僕の胸を殊更熱くしたのだった。


翌日、出社してすぐ僕はチームの皆に、真木が思いついた収入印紙転売の件を伝えてみた。

「なるほどね。予算はたいてい百万単位で見るから、それ以下の金額だと気づかれなかった可能性は高いな」

よく気がついた、と大門は褒めてくれたが、賞賛されるべきは自分ではないと慌ててそれを明かす。

「真木先輩が気づいたんです」

「君は金の斧《おの》銀の斧普通の斧を全部貰《もら》えるタイプだね」

「え？」

何を言われたのかと戸惑っていた僕に、答えを与えてくれたのは桐生だった。

「正直者ってことだよ。このチームには珍しく」

「あ……嘘、つけたほうがいいですよね」

嘘というより演技か、と頷《うなず》いた僕を見て、大門と桐生が顔を見合わせ苦笑する。

「ええと？」

なぜに？　空気が読めなかったからかと問い掛けようとすると、二人して、

「なんでもない」

「いつまでもピュアでいてくれよ」

と、からかわれているのだろうかと思うようなことを言われ、打ち合わせは終わりとなった。

今日、殿村は公演を観るため仙台にいっているはずである。となると田中の愚痴が聞けるかもと期待しつつ、事務用品の補充に向かうと、予想どおり、

「聞いてよー」

と田中がむかつきまくっている様子で僕に駆け寄ってきた。

「また休んでるのよ。しかもSNSは更新してるの。むかつくー」

ほら、と田中がスマートフォンの画面を僕に向けてくる。

『友達できた！　ちょう美人！　今日アフターするー♡』

自撮り写真で顔は犬とウサギに加工が施されていたが、ウサギのほうはどう見てもメイクをした三条だった。

「顔出ししてるんですね」

裏アカなのに、と、『友達』に話題がいかないように気を配りつつ、話を振る。

「もう別人だもん。盛りすぎでしょ。こっちの美人は加工なしみたいだけど。それも性格悪いよねー」

既に悪口モードになっている彼女に僕は、どうやって課長のITリテラシーを聞きだそうかと頭を捻《ひね》った。

「そうそう、新人の広瀬と寮が一緒なんですけど、彼も困ってるんじゃないかと思ってそれとなく話題を振ってみたんです」

田中から聞いたとは伝えていない、と言い足そうとしたが、その必要はなさそうだった。

「困ってたでしょ？　サボってる子、今、部の庶務担当だもん。なんて言ってた？　ちゃんと彼女がサボってるってわかってた？」

逆に情報を求められたので安堵《あんど》しつつ、ちょうどよかった、と話題を続ける。

「休みがちなのはメンタルを壊したからだと思っているみたいでした。そうだったんですか？」

「メンタル壊したのはウチのチームに来る前なの。でもぶっちゃけ、言ったもん勝ちって感じだったわよ。もう新人でもないのにいつまで経っても仕事を覚えないから、指導員してた子が切れちゃって、一度厳しく怒ったらパワハラだって泣いて、会社に来なくなっちゃったのよ」

「パワハラ……認められたんですか？」

「まさか。ちょっと言い方はキツかったけど、正論だったもの。でも、それでメンタルやられたって言われたらどうしようもないじゃない？　どうやら縁故入社らしかったし、チーム変えて腫《は》れ物に触るようにって感じになったのよねー。絶対なんちゃって鬱《うつ》よ。だって裏アカ遡《さかのぼ》ると、休職中も追っかけしてるもの」

「……とことん、やりきれないですね、それは……」

縁故入社だとはいえ、いや、縁故なら親に迷惑をかけないためにも真面目に働くものなのではなかろうか。呆《あき》れてしまっていた僕を見て、同調してくれたとわかったらしく、田中がますますエキサイトしつつ話し出す。

「そうなのよ。課長に言っても、めんどくさがって何もしてくれないし。なんやかんやいって課長も若い子好きなのよね。私たちは文句しか言わないから。だからもう、課長の世話は任せてるわ。うちの課長、超アナログで、オフィス仕事はほんとに何もできないのよねー。システムでの認証もやってほしいのに気づかなくて」

「……課長、IT弱いんですね……？」

運よく話の流れで聞くことができた。さりげなさを心がけたが大丈夫だっただろうか。

緊張が高まったが、田中に気づかれることはなかった。

「そうなの。彼女が休むと課長の世話も私に回ってきちゃうのがほんと、ストレスなのよ」

「……それは本当に……大変ですね」

殿村は課長のパソコンのパスワードを教えられているのか。そこまで確かめるのはさすがに無理があると思い留《とど》まる。

「もう我慢できないから、課長に言おうと思う。裏アカのこの写真、本人に見えないこともないし。それでも見て見ぬ振りをするならもう、スピークアップしようかなと思ってるのよね」

「課長がちゃんと対処してくれることを祈ります……」

そして僕たちが彼女の不正を暴く。真面目に働いている人が馬鹿を見るなんてやはり許せないと思うから。心の中でそう呟《つぶや》きながら田中にそう言うと、

「ありがとう。聞いてもらって気持ちが晴れたわ」

とお世辞かもしれないけれども彼女はそう笑ってくれ、逆に僕を晴れやかな気持ちに

してくれた。

事務用品の配布が終わったのは十一時半だった。まだ昼食まで間があったので、コーヒーを買いに行くことにする。社食のフロアにあるカフェでコーヒーが買えるのだが、そこには僕的には『名物』と思っている若い女性店員さんがいるのだった。

「すみません、コーヒーのM、テイクアウトでお願いします」

既に顔馴染《なじ》みではあるので、『こんにちは』と声をかけたいのだが、彼女が全身で拒否しているのでやめている。

「ホットですよね？」

確認を取ってきた彼女は——光田《みつだ》は、愛想はないがたまにMと言ってもLにしてくれる心優しい人なのだった。大学生のバイトなのか、それとも正社員なのか。毎日のように顔を合わせてはいるものの、会話はほぼ交わされないので彼女のプライベートについてはよく知らない。

「はい」

「ここから出しますので今少しお待ちください」

いつものように愛想はなかったが、彼女が手にしているのはLサイズの紙コップだった。

「今日のブレンドはアラビカです」

「ありがとうございます」

礼を言い、コーヒーを受け取る。お昼までのこの時間、ちょうどお店は空《す》いていた。

「仕事、慣れてきたみたいですね」

それでだろうか。珍しく話しかけてくれ、会話が始まった。

「はい。なんとか」

「彼女いるのかって話題になってましたよ」

「えっ？　僕が？」

桐生ならともかく、僕にはあり得ない気がする。女性社員も気易く声をかけてくれるが、ランチにすら誘われたことがないのだ。からかわれたんだとすぐわかったので、別の話題を振ることにした。

「光田さん、全通って知ってますか？」

僕はまったく知らなかったが、もしやポピュラーな言葉なんだろうかと思っていたので聞いてみる。

「全公演通しで観ることですか？」

しかしよく考えてみると、光田に知らないことはなかったかもしれない。すらすらと答えた彼女に、さすが、と感心したが、続く言葉は更に僕を唸《うな》らせるものだった。

「もしかして不動産部の三年目の子の絡みですか？　2・5次元俳優の追っかけしているっていう」

「光田さん、知らないことないんじゃないですか？」

そうとしか思えない。目を見開いた僕を見返す光田の視線は憐《あわ》れみを感じさせるものだった。

「皆、ここで雑談しますからね。ちょうど『全通』について、不動産部の事務職さんが説明しているのを小耳に挟んだんですよ」

「なるほど……」

そういうことだったのかと納得していた僕の前で光田が肩を竦《すく》める。

「でも彼女、大手ゼネコンの部長からの紹介だから、注意もできないんでしょうね」

「そうなんですか？」

縁故入社ではないかと今の今、聞いたばかりだが、ゼネコンの部長のコネだったから不動産部なのかと納得する。

「母親のお兄さんが武村《たけむら》組の調達部長だそうよ。やりたい放題なのもわかるというか」

それもまた、噂話から知り得た情報なのだろうか。武村組は三大ゼネコンの一つだ。父親は公務員ということだったが、伯父《おじ》さんのコネだったということか。確かに気を遣われそうだと納得していると、光田の視線が僕の後ろへと移った。

「いらっしゃいませ」

「あ、すみません。ありがとうございました」

客が来たのがわかったので、慌てて頭を下げ、その場を離れる。確かに噂話が集まる場所なのだろうが、だからといって皆が皆、情報通になれるわけもない。うちの課にスカウトしたい人材だよなと思いながら僕はコーヒーを手に地下三階に戻った。

「あ、Lサイズ。もしかして光田ちゃんにおまけしてもらった？」

目ざとく気づいた桐生が問い掛けてくる。

「どうでしょう。お金は取られてるかも……」

そういえば支払いのときに金額をチェックしていなかった。慌ててレシートを眺め、『Mサイズ』と書いてあるのを見つける。

「おまけしてくれてました」

「義人は愛されてていいなあ。俺なんてMサイズなのにLサイズの料金とられたことはあっても逆は一度もないよ」

「それ単なるミスなんじゃ……」

「光田ちゃん、チャラ男は好きじゃないみたいなんだよね。顔はよくても」

肩を竦めてみせたあと桐生は、

「『顔はよくても』はツッコミ待ちだからな」

と少し照れた顔になった。

「桐生さん、顔いいじゃないですか」

「この正直者め」

そうして少しふざけ合ったあと、僕は光田から聞いた情報を彼に伝えた。

「武村組の調達部長が伯父さんか。だから不動産部に配属になったんだろうなあ」

「休みがちでも文句を言われないのもそのためでしょうか」

僕の問いに桐生は「ありそうだよね」と頷《うなず》きつつ、

「親ってわけじゃないから、伯父さんがどこまでフォローしてくれるかによりそうだけどね」

と言葉を足した。

「あ、それから、住宅チームの課長はIT弱者だそうです」

これは田中に聞いた情報だと告げると、桐生は、

「印紙で決まりかもね」

とニッと笑った。

「三条さんも無事、コンタクトが取れたとさっき連絡があったよ。関係者席のお零《こぼ》れを狙っているらしく、すごい食いつきだったって」

「田中さんが裏アカ見せてくれました。美人の友達ができたって浮かれて写真も載せてましたよ」

「見た見た。ウサギ加工可愛かった。画像保存した」

「三条さんに怒られますよ」

どうせからかおうとしているのだろうとわかるだけにそう言うと、桐生は、

「当分いじれそうじゃん」

とやはりからかう気満々の様子を見せ、また室内の空気が凍り付くだろうなと僕に予

感させた。

「公演の合間に話ができたらまた連絡するって。公演後にアルコール飲みながらのほうが話は聞けそうだけど、明日《あした》はまた別の場所で公演があるから難しいかも、だってさ」

「さすがです……三条さん」

自分がもし、三条の役を振られたとしたらと考えると、彼女の凄《すご》さを実感する。まったく接点のない相手と知り合うだけでなく、秘密を語ってもらえるほどに親しくなるなんて、一体どういう手を使うのだろう。まるで想像がつかない。

「適材適所って言葉、知ってるよな？」

落ち込みが表情に出てしまっていたのか、すかさず桐生がフォローしてくれる。こんなふうに人の心を読むことが得意な桐生も僕にとっては尊敬の対象だ。

半年が過ぎ、仕事には慣れてきた。しかしまだまだ一人前とはいえない。何か僕にも突出したスキルがあるといいのだけれど、それをどうやって見つければいいのだろう。

「だーから、焦りは禁物だって」

またも桐生に心を読まれた上でフォローされる。

「……すみません……」

先輩に気を遣わせてどうする。しかし反省しているとますます気遣われそうなので、

「あの、お昼どうします？」

と別の話題を振った。

「あー、今日は三年目の子たちと約束しちゃったんだよね。情報集めようとして」

ゴメン、と謝られ、逆効果だったと反省する。

と、そこにタイミングよく真木がやってきて、負の連鎖としかいいようのない会話は終わることとなった。

「義人、メシ、行こう。パレスの赤飯《あかはん》はどう？」

「食べたいです。担々麺《たんたんめん》」

「いいなあ、俺は多分、イタリアンだ。担々麺が恋しいぜ」

それじゃあ、と桐生が部屋を出ようとする。

「そういえば大門さんは？」

室内を見渡し、真木が僕に問い掛ける。僕も戻ってきたばかりでわからなかったのだが、桐生が振り返り答えてくれた。

「朱雀さんから呼び出しがかかったみたい。午後には戻るって言ってたよ」

それだけ言うと彼は部屋を出ていった。

「朱雀さんか……最近、よく呼び出すよな」

真木は考え込む素振りとなったが、僕にその話を振ってくることはなく、

「それじゃあ、行こうか」

と笑顔を向けてきた。

「あ、はい」

たとえ『何があったんだろう?』と聞かれたとしても、『さあ』としか答えられなかった。それでも、聞いても無駄と思われたのだとしたら悲しかった。

しかしそれはすべて、自分が一人前ではないからだ。くさるより前に努力。心の中で己を鼓舞し、表情には落ち込みを出さないよう努力する。

「そうだ、今度、寮の同期とテニスするんだけど、義人も来ないか?」

笑顔でこうした楽しい話題を振ってくれるのは、隠そうとしても僕が落ち込んでいるのがわかったからだろう。本当にどこまでも気を遣わせてしまって申し訳ないと思いながら僕は、それを顔に出せば更に気を遣われるとわかっていたため、

「久々すぎて下手になってますけど、是非、行きたいです!」

とできるだけ自然に、そしてできるだけ明るく返事をし、テニスが楽しみでたまらないという演技を続けたのだった。

3

翌日、仙台銘菓『萩《はぎ》の月《つき》』をお土産に買ってきてくれた三条を含めた総務三課フルメンバーで、殿村あおいの横領についての会議が開催された。

「全通なんてよくお金続くね、と驚いたら、今回の遠征で使い果たしたと言ってました。なのでまたやるかもしれません」

「資金源についてはなんて言ってた？」

大門の問いに三条が肩を竦《すく》める。

「貯金を切り崩してると。その前に別の話題で、学生時代はまったく貯金していなかったと言ってますので嘘ですね。会社のお給料やボーナスも、ボーナス払いで全て消えていくと言ってましたし……」

「よく仲良くなれたね」

桐生に言われ、三条は、

「関係者席のおかげです」

と淡々と返した。

「朱雀さんがどういう手を回したのかわかりませんが、関係者席のチケットをもらう際、楽屋に挨拶《あいさつ》にいけることになったんです。それに連れていったので、一気に距離を詰められました」

「楽屋！　いいなあ！」

桐生が弾んだ声を上げる。

「別にファンじゃないですよね？」

冷静に返す三条に桐生は「そりゃそうだけど」と苦笑しつつ、問い返す。

「殿村あおいは俺以上に興奮してただろ？」

「それはもう。さすが全通しているだけあって、キャストは彼女を認識していました。『全公演観てくれてありがとう』と言われて昇天しそうになってましたよ。写真集も百冊買ったとアピールしてましたね」

「百冊！　そこでも数十万使ってるのか」

真木もまた驚いた顔になっていたが、三条は冷静だった。

「握手券でもついていたんじゃないですか？　あとはファンクラブで百冊買うと直筆サインが貰《もら》えるとか。結構ありますよ」

「アコギだね。まあ、ファンがそれでいいならいいんだろうけど……」

大門が、やれやれというように溜《た》め息を漏らす。

「俳優も愛想はよかったですけど、特別扱いはしていなかったように見えました。それでも顔を覚えてもらっているということで鼻高々でしたけど」

「関係者席の三条さんのほうが扱いはよかったんでしょ？」

「ええ。スポンサー席だったみたいで、愛想は物凄《ものすご》くよかったです」

三条は淡々と答えていたが、桐生が、

「で、三条さんの推しとは会えたの？」

と聞いた途端、彼女の表情が僅《わず》かに緩んだ。

「はい。彼女の推しと同じ楽屋でしたので同じ空気を吸えました」

「乙女の顔になった！」

だが桐生がからかうとすぐ、いつもの無表情に戻る。

「そういったわけであれこれ聞き出せました。連絡先を交換しましたが、このままフェイドアウトの予定です」

「ご苦労。さすが三条君」

手放しに褒める大門に三条はやはりクールに「どうも」とだけ答えていた。

「経理のほうも調査を終えました」

続いて真木が手を挙げ発言する。

「やはり収入印紙を数回に分け、大量に購入していますね。本来は当社と契約者、それぞれで印紙を用意するのですが、契約者分も当社が用意するような枚数となってます。庶務関係は彼女が一人で担当しているので、部内でもバレていないのでしょう。システム認証は課長がしていることになってますが、彼女自身がしている可能性が高いです。もしくは中身も見ずに判子を押してるか……」

「収入印紙の管理はどうなってるか、桐生君、調べられた？」

大門の問いに桐生が「勿論《もちろん》」と笑う。

「管理台帳などはつけてないそうですよ。都度買うからだそうです。二百円の印紙はよく使うのでワンシートキープしていますが、それに関しても管理は特にしていないそうです。なくなりそうになっていたら買い足すという感じで」

「杜撰《ずさん》すぎますね」

真木が呆《あき》れた声を上げる。

「相当忙しいみたいだからね。杜撰だからこそ、今回のようなことが起こったわけだし」

大門はそう言うと、「よし」と頷《うなず》き、皆を見渡してから口を開いた。

「不動産部長に、収入印紙の購入履歴について調査を申し入れるよ。その上で住宅課長と購入者である殿村あおいに事情を聞く。彼女も誤魔化しようがないだろうから、すぐの解決になるだろう。皆、よくやってくれた。あとは任せてほしい」

「わかりました」

「今回、あっさり終わりましたね」

三条と桐生がそれぞれ返事をし、真木もまた頷いている。

「彼女がこれ以上罪を重ねる前に気づいてよかったよ。よく見つけたね」

大門は僕を褒めてくれたが、僕のやったことといえば、田中の愚痴からもしやという疑いを抱いただけだ、と俯《うつむ》いた。

そんな僕に大門が言葉を続ける。

「殿村あおいの処分がくだったら、田中さんから報告があるだろうけど、はじめて聞くようなリアクションをするようにね」

「あ、はい！　わかりました！」

言われてはじめて僕は、そういう場面に居合わせる可能性についてまったく考えていなかったと自覚した。

当然ながら、僕が情報を集めていることは他の社員に知られてはならない。だからこそ、処分がくだったなどということは知らないふりをしていなければならないのだが、そうした心構えを持っていなかったら、動揺のあまり不審なリアクションを取ってしまったかもしれない。

「……ありがとうございます。気をつけます」

やっぱり僕はまだまだだ――落ち込みそうになったが、フォローを待っていると勘違いされたくないと、笑顔を作った。

「いくら横領したのか、わかった？」

桐生が真木に問い、真木が、

「九十万くらいですね」

と答える。

「それが全部、2・5次元俳優の追っかけに消えたのか」

やれやれ、というように桐生が溜め息をつくのを横目に、三条がやはり淡々と答える。

「そのくらいの金額を使っているファンは一定数いますよ。大多数とは言いませんけど」

「横領してまで、というのは彼女くらいだと思いたいね」

大門の言葉に皆、それぞれに頷き、会議は終了した。

その後すぐに不動産部に連絡が行き、その日のうちに殿村あおいの悪事は明らかになった。本人は『体調不良』ということで休暇を取っていたため事情を聞けていないが、伝票認証が課長の出張不在中になされていたことが判明したのである。

殿村あおいのスマートフォンに連絡がつかなかったため、彼女の両親に電話がいったのだが、父親も母親もあおいは出社していると思い込んでおり、それから彼女の行方の大捜索が始まったのだそうだ。

裏アカが田中や他の事務職から報告され、追っかけ中の彼女のもとに父親が飛び、東京に連れ戻した。夜公演を観てからではダメかと父親にゴネたという話で、反省の色なし、と僕ら三課のメンバーは皆して呆れてしまった。

既に証拠が揃っていたこともあり、殿村は早々に自分の罪を認めた。僕らの読みどおり、収入印紙を必要な枚数の倍購入し、チケット屋で売っていた。認証は課長が留守中にパソコンを立ち上げ、こっそりしていたとのことで、IDとパスワードは課長から直接聞いていたという。

課長が教えていたのは、自分のかわりに出張申請や精算をさせるためだったので、課長についても懲戒処分がくだされることになったが、完全な自業自得といえた。

そしてなんと、殿村本人への処分は結果として『なし』となった。というのも、着服した金は両親が全額返済し、退職を申し出たからである。伯父《おじ》である武村組の調達部長が当社を訪れ、本人の今後の人生のために依願退職扱いにしてほしいと頭を下げたので、当社側はその申し出を受け入れざるを得なかった――らしい。

会社に呼び出され、罪を認めた日を最後に彼女は出社せず、私物を取りにきたのは母親だったそうだ。部員に対しても会社に対しても本人から謝罪の言葉は一切なかったと、後日、田中が怒りも露《あら》わに僕に教えてくれたのだった。

「もう、冗談じゃないわよね。着服したお金を返したからいいでしょうって、そんなわけないじゃないの。でもそれが通用しちゃうのがウチの会社なのよ。もう本当に……やってられないわよね」

田中は憤慨していた。彼女が会社に失望しているのがひしひしと伝わってくる。きっと今回の件を知った社員、皆が同じく失望しているに違いない。

僕自身、この上なくがっかりしていた。辞めていった殿村あおいが少しでも反省していたら違ったのだろうが、田中や、それに同期の広瀬から聞くかぎり、まったくその様子はなかったらしい。

『ついてなかった』と言っていたそうだと広瀬に聞いたとき、呆れるを通り越し怒りすら覚えた。お金の問題は勿論のこと、嘘をついてサボっていた件についても、『ついてない』で終わらせてしまっていいはずがない。

しかし、縁故により守られ、彼女は無傷で会社を辞めていった。皆に知られることになった裏アカは閉鎖したらしいが、すぐ、別に作るのではないか。さすがに追っかけは親の目もあってできなくなったと思いたいが、娘が横領した金を全額払った両親はどこまでも甘いかもしれない。

「彼女のおかげで内部監査が入るのよ。この忙しい時期に。もう、本当に迷惑よ。今までのツケが回ってきたってことなのかもしれないけど、なんでそれを私たち残った人間が請け負わなければならないのって思うよね」

今日の田中の愚痴は長く、口調は次第に熱くなっていった。が、気持ちがわかるだけに僕は彼女の気が済むまで付き合うつもりだった。そのうちに思いを同じくする事務職が集まってきて、事務用品コーナーでは愚痴大会が始まってしまった。

「課長も課長だよね。だいたいIT弱いからって、IDとパスワード教える？　出張申請くらい自分でやれっつーの」

「そうそう。伝票認証、したかしてないかも言えなかったんでしょ？　そんな奴に認証権限与えるのってどうなのよって感じよね」

「IT弱いって言えばすむと思ってるんだとしたら甘いよね。今の時代、弱いですむわけないじゃん。スマホ持ってないのかよ」

エキサイトする皆には同調しかなかった。が、目立ちすぎたのか不動産部長が近づいてきたので、三々五々という感じで解散になった。

「早く人員補充されるといいですね」

別れ際、田中にそう言うと、

「ありがとう」

と礼を言ってくれたが、彼女の顔は疲れ果てていた。もしかしたら会社に見切りをつけ、辞めてしまうかもしれない。そうならないといいなと願いつつ僕は、事務用品の補充業務へと戻ったのだった。

沈んだ気持ちのまま、カフェに向かう。

「ええと今日は……ココアのSにします」

やさぐれているときには甘い飲み物に癒《いや》されたい。滅多に飲まないココアを頼んだせいか、光田に確認されてしまった。

「ええと……ココア、ですね？　ホット？」

「はい。ホットで」

「それではあのランプの下でお待ちください」

すぐに普段の様子を取り戻した彼女はもう一人の若い男の店員にレジを任せ、ココアを作り始めた。ああやって作るんだ、と思わず注目してしまっていた僕の視線が煩《うるさ》かったのか、じろ、と睨《にら》まれたため、視線を逸《そ》らし、同じく注文を待っている人たちを見るとはなしに見やる。

「あれ？　宗正？」

と、同じ寮の同期、櫻井《さくらい》が僕に気づき、声をかけてくれた。

「櫻井、久し振り。寮で最近会わないな」

以前はよくジムや大浴場で顔を合わせていたのに、と思い問いかけると、予想外の答えが返ってきた。

「俺、寮出ようと思ってるんだよね」

「え？　なんで？」

寮費は安いし食事も出る。なので結婚する人以外、上限の三年間、居続ける人間が多いのに、どうしてまた、と問い掛けようとし、その結婚か？　と気づく。

「あ、結婚するんだ？」

「違うよ。相手いないの知ってるだろ」

櫻井が苦笑したあと、周囲を見回し声を潜める。

「実はさ、盗難にあったんだよ。寮の中で」

「え？　盗難？」

「声がでかいって」

驚いたせいで高くなってしまった声音を指摘され、慌てて謝る。

「ごめん。でも盗難って。何を盗まれたんだ？」

「クレジットカードだよ。更新分がなかなか届かないなと思ってたら、どうも郵便受けから抜かれたみたいだ」

「そんな！　誰が⁉」

郵便は寮にまとめて届き、それを寮の主事さんが仕分けしそれぞれのボックスに入れてくれる。そのボックスには鍵《かぎ》どころか扉もついていないので、誰でも持ってはいけるが、確か書留は主事さんが保管し、直接手渡ししていたはずだ。

「……まさか、主事さんが……？」

主事さんはもと人事部の社員で、嘱託期間が終わったあと雇用されたと聞いていた。住み込みなので、困ったときには——たとえば夜中に部屋の電球が切れたとか、急な腹痛で薬がほしいとか、そういった緊急事態にも気易く対応してくれる。見るからに人のよさそうな、おじいさん、といっていい年代のあの人が泥棒を？　今までそんな噂はなかったと思うのだが、と疑問を抱いたのがわかったのか、櫻井が、

「俺だって疑いたくはないんだけどさ」

と口を尖《とが》らせつつ、疑うに至った理由を教えてくれる。

「俺だけじゃないんだよ。当選通知が来た懸賞の商品券が届かないとか、あと、通販で買った品物が行方不明になってるとか。立て続けに起こっているんだ。宗正は被害に遭ってないか？」

「ない……といっても、郵便なんてDM以外は滅多に来ないし、通販も頼まないからなあ……」

聞かれたので考えたのだが、『ない』という答えがすぐ導き出された。それにしても、と、気になり、櫻井から情報を引き出そうと試みる。

「そもそもいつからそんなことが起こり始めたんだ？　僕は全然知らなかったんだけど」

「俺は二週間くらい前。そのとき主事さんとやりあっちゃって、それで暫く寮を空けてたんだ。友達のマンションに泊めてもらってた」

「やりあったって？　主事さんを問い詰めたとか？」

「そう。カードの不正利用があって、それで新しいカードが盗まれたことがわかったんだ。カード会社からは簡易書留で発送されるから郵便局のほうに主事さんが受け取ってくれた記録が残っててさ。それを指摘したら、あのじいさん、泥棒扱いする気かと逆ギレしちゃって、大変だったんだよ。泥棒扱いもなにも、泥棒だろうが、と言ってやりたかったよ」

「言わなかったのは偉い」

「今まで結構世話になってるしな。でもそれだけにショックだよ」

櫻井が溜《た》め息をつく。

「会社には言った？」

寮では噂になっていないような、と思いつつ聞いてみる。

「一応人事には報告した。人事からは暗に、警察に届けるのはやめてほしいと言われたよ。あと、あまり言いふらすなとも」

「えっ？　なんで？」

「調査はちゃんとするからだって。主事さんを犯人扱いするなってことみたいだ」

僕が納得できない以上に、当事者である櫻井は憤っていた。

「カード会社が不正利用だって認めてくれたから、金銭的被害はないとはいえ、なんだかなあと思ったよ」

「そりゃそうだよ。それに他に被害者が出ないように、皆に注意喚起すべきだと思うし」

とはいえ、知らない間に郵便物を抜かれているのであれば気をつけようがないのだが。

「確かに寮費は安いけど、疑いながら住むのもなあと思って。とはいえ物件を探す暇もないので、当分、友達の部屋に住まわせてもらおうと思ってる」

お前も気をつけたほうがいいと忠告してくれたところに、彼の注文の品があがり、「またな」と挨拶《あいさつ》を残して櫻井は立ち去っていった。

「ココア、あがりました」

直後に僕の注文も仕上がり、カウンターに呼ばれる。

「ありがとうございます」

手渡してくれたのは光田だった。

「今の話、既に噂になりつつありますよ」

櫻井とはそんなに大きな声で話していたわけではないのに、地獄耳なのか？　と驚いた。

「えっ」

「他にも被害者がいるので」

「寮で盗難とか、今までもあったんでしょうかね？」

つい聞いてしまったが、それを聞く相手は光田ではないだろうとすぐに我に返った。

「す、すみません。そんな噂、聞いたことないかなと思って……」

耳ざとい彼女ではあるが、だからといって頼っていいわけではない。他に注文を待っている人がいなくてよかった、と冷や汗をかきながら僕は、

「ありがとうございました」

と礼を言い、そそくさとその場を離れようとした。そんな僕の背に光田が声をかけてくる。

「今まではなかったって、誰か言ってましたよ」

「！　ありがとうございます！」

凄《すご》すぎないか？　驚くと同時に僕は心の底から感心し、尊敬の眼差《まなざ》しを向けてしまった。

「信憑性《しんぴょうせい》のほどはわからないです。噂を聞いただけだから」

光田が淡々と答え、ふいと視線を逸らす。

「いえ、助かりました。ありがとうございました」

改めて礼を言ったが、『助かりました』は言い過ぎだったと、首を竦《すく》めた。情報を集めていることは内緒なのに、光田の前ではつい素の自分が出てしまう。怪しまれないように気をつけないと、と反省しつつ僕は、今の話を皆に報告せねばと密《ひそ》かにココアを持っていないほうの拳《こぶし》を握り締めた。

「寮の盗難か」

昼休み明け、席で僕は寮の盗難についての話題を出した。

「義人は知らなかったんだ？」

「はい。初耳でした」

「真木は？」

「先輩なら気づいていたかも……」

寮に帰ったら聞いてみよう。他の同期もリサーチせねば、と考えていた僕の耳に、大門の不審げな声が響く。

「今の主事さんって、結構長くいるんじゃなかったっけ？」

「俺がいたときから替わってないはずです。和田《わだ》さんだよな？」

答えたのは桐生で、僕に確認を取ってくる。

「はい、和田さんです。面倒見がよくて真面目という印象ですよ」

とても盗みをするようには、と、僕は和田の顔を思い起こしていた。

「急にお金が必要になったということもあるかもしれないけど、にしてもどう考えても真っ先に疑われることはわかっているだろうに、盗難に手を染めるかね」

大門の言うとおり、櫻井もまず主事を疑った。カードを盗難したとして、配達記録を調べられたら寮まで届いていたことが判明するなど、考えずともわかるはずだ。

「認知症を発症してるとかはないかな？　正しい判断ができなくなっちゃってる、みたいな」

桐生が思いついたように言い出したが、見た感じ、そういう状態ではないような、と僕は首を横に振った。

「そこまで顔を合わせるわけでもないですけど、以前と変化はないように見えます」

「そもそも、配達記録は信用できるの？」

それまで黙っていた三条の指摘に、それはあるか、と目から鱗《うろこ》の思いから僕は思わず立ち上がりそうになった。

「うーん、なくはないだろうけど、それこそ配達を担当した人間が配達記録で特定されるんじゃない？」

しかし大門が言い返したのを聞いて、確かに、と椅子から浮きかけた腰を戻す。

「今まで起こってなかったのなら、最近寮に入った人が怪しいんじゃないですか？」

三条の指摘に、確かに、と頷《うなず》いたあとすぐ、最近入った人といえば、と僕は自分を指さした。

「僕をはじめとする新入社員……とか？」

「駐在から帰ってきた若手とかもいたっけ」

桐生が思い返す顔になる。自分の同期を庇《かば》いたいというだけではなく、寮にいる社員に可能なのだろうかと僕はその点を指摘してみた。

「書留類は主事さんが受け取っているんですよね。それを盗むことは我々にはできないと思うんですが……」

「いや、そうでもなくない？」

と、桐生がここで発言する。

「え？」

「だって主事さんの部屋、普段施錠してないし、防犯カメラも寮の外とエントランスにはあるけど、内部にはないよね？」

「……あ……」

言われてみれば、寮内で監視カメラを意識したことはなかった。

「それに、個室のドアも施錠できるけど、針金で開きそうなちゃちいものじゃん？　主事の部屋も同じだよね？」

「外部からの侵入はチェックが厳しいけれども、内部の監視はザルということね？」

三条が確認を取るのに桐生が「そのとおり」と頷く。

「最近、十五階でもお金がなくなったって噂を聞いた。昼休みに財布から抜かれたっていうんだけど、同じ社員じゃないかな？」

「……そんな……」

盗難が事実であれば――事実なのだろうが、犯人は確実に存在する。外部の人間が犯人でなければ当然、社員が犯人ということになるのはわかりきっていることだった。

しかし、同僚を――そして同期を疑うことにはやはり抵抗を覚える。とはいえ、寮でも、そして社内でもとなると、社員を疑わざるを得ないと、気づかぬうちに僕は溜め息をついていた。

どうして人のものを盗むのか。よほど金銭的に困っているのか。しかし新入社員であっても当社の給与は普通に高水準だ。特別な事情でもない限り、生活に困るようなことにはならないはずだ。たとえ困っていたとしても、盗難がバレたら勤め続けていられる保障はない。懲戒解雇になるかもしれないのに、それでも他人のお金に手をつけるなど、あり得るだろうか。

「万引きGメンの番組とか、観たことないかな？」

ここで大門が、関係なさそうな話題を振ってきたので、戸惑いから僕は彼を見やった。

「お金に困ってというよりはスリルがほしいという動機の人も多いそうだよ。もともとそうした素地があったのか、はたまたストレスが高じてなのかはわからないけど」

「なるほど……」

今回の動機もそうしたものかもしれないと、大門は言っているのかと気づき、つい、感心した声を上げてしまった。

「十五階の新入社員で寮住まいは三名。内田《うちだ》、櫻井、増山《ますやま》。皆、電力事業本部所属ですね」

指示を受けたわけではないが、早くも三条は本社ビル十五階と寮の盗難を結びつけ、犯人の可能性が高い人間を捜し当てていた。

「櫻井は被害者です。新しいカードを使われたと言ってました」

「犯人が被害者のフリをするのもアリなんじゃない？」

僕の指摘を三条は軽く受け流した。

「……それはそうですけど……」

僕の前で憤っていた、あれが演技とは思えなかった。しかし演技ではないということも証明できない。

「三人の人となり、説明できるかな？」

俯《うつむ》く僕に大門が声をかける。同期、そして寮が一緒となれば、説明できないはずもなく、僕は三人について話し始めた。

「櫻井は更新されたクレジットカードを盗まれた男です。K大アメフト部出身で、よく寮のジムに通ってました。僕の見解でしかありませんが、嘘をついているようには見えませんでした」

「他の二人は？」

大門は『僕の見解』には触れずに、他の二人に関する情報を求めてくる。

「内田も増山も明るくて気のいい男たちです。内田は系列会社の社長の息子なんですけど、庶民派というか、親のことを鼻に掛けることなく皆に馴染《なじ》んでます」

「内田……ああ、藤菱重機械工業の社長が『内田』だっけ？」

さすがといおうか、大門はすぐ、系列会社を言い当てた。

「あ、はい。そうです。サラリーマン社長だから別に実家が裕福というわけではないと、自己紹介のときに言ってました」

「コネ入社？」

三条に問われたが、わからない、と僕は首を横に振るしかなかった。

「たとえコネじゃなくても、入社志望カードの父親の名前を見たら落とせないとは思うよね」

大門が苦笑し肩を竦《すく》める。

「配属は電力事業一部か。父親の会社と近からず遠からずですね」

三条がパソコンの画面を見ながら淡々と告げる。

「……社内システムをハッキングしてるわけじゃないよね？」

「社内電話帳です」

大門が恐る恐る問いかけ、三条が答える。

「以前、事務職から噂を聞いたことがあったな。社長令息だけど庶民派だって」

桐生が思い出しつつそう告げるのを聞き、大門が「面白いね」と笑う。

「『庶民派』って表現、さっき宗正君もしていたよね。どうしてそんなふうに言ったのかな？」

「え？　どうしてといわれても……」

たしかに『庶民派』という言葉を普段使うことはない。ボキャブラリーにない表現を使うことになった理由はなんだったか。

「俺のほうは、事務職からの受け売りです。金銭感覚も普通だという話の流れだったように記憶してます」

僕と違って桐生はすらすらと答えつつ、分析まで始めている。

「安い居酒屋にも慣れているし、貧乏舌という表現はよくありませんが、料理に対しても寛容、あとはスーツもそこそこのブランドとか、そういうところから『庶民派』という表現が出たんじゃないかと」

「なかなか出ないわよ。『庶民』なんて言葉。そのくらいじゃ」

三条に突っ込まれ、桐生が「そうかな」と首を傾げる。

「あ」

そんな二人のやり取りを受け、僕の記憶が蘇《よみがえ》った。

「自分で言ってたんです。『庶民』という言葉」

そうだった。本人が『意外に庶民派』という表現を使っていたのだったと、僕は思い出したのだった。

「あ、勿論《もちろん》、冗談としてです。誰かが社長令息だと揶揄《からか》うと『庶民派だよ』と言い返すという感じでした」

「社長の息子として見られることが、ストレスだったのかもね」

大門の言葉にドキリとする。盗難はストレスが高じて——という話をしたばかりだったからだろう。

「三人の評判を一応探ることにしよう。現在と過去の両方を」

「万引きで補導歴や逮捕歴があったらまず、入社できないんじゃないですか？」

三条の問いに大門が肩を竦める。

「たとえ万引きが見つかったとしても、親が揉《も》み消したかもしれないしね」

「…………」

コネや忖度《そんたく》。その言葉は一人の社員を指しているが、実際のところはどうなのか。

「宗正君は寮で二人と接触を図ってみてくれ。同期相手だと気を許すだろうし」

「わかりました」

返事はしたが、僕の胸にはやりきれない思いが溢《あふ》れていた。同期を疑わなくてはならないなんて。尚《なお》も溜《た》め息を漏らしそうになり、いけない、とすんでのところで唇を引き結ぶ。

同期だからと情に流されていいはずがない。同期であろうが親友であろうが、間違った道に進もうとしている人間を引き留めないでどうするんだ。もし相手のことを大切に思っているのなら尚更だ、と心の中で呟《つぶや》き、よし、と頷《うなず》く。

「さっそく今夜、探りを入れます」

「頼んだよ、宗正君」

大門がにっこり笑ってそう言うと、立ち上がり、僕の肩をぽんと叩《たた》いてから部屋を出ていった。

「どこに行ったんだろう？」

桐生に問われたが僕にできた答えは「さあ」のみだった。

「こういう個人の非行って、自業自得だとは思うけど、対応するのに困るところがあるよね」

桐生の言葉に、僕も頷く。もし、内田や増山が本当に盗難事件にかかわっているのだとしたら、僕は同期の悪事を暴くことになるのか。改めてそれを実感し、なんともいえない気持ちになる。

仲間を探るようなことはできることならしたくない。しかし仲間だからといって悪事を働いているのがわかれば見逃すことなどできるはずもない。本人のためを思えば、知らぬふりをするのではなく誤りを正すべきだろう。

よし、と再び気合いを入れる僕に、桐生が心配そうに声をかけてくる。

「はりきりすぎて、総務三課の本来の『仕事』に気づかれないようにな」

「……はい……」

そのくらいのことは当然、頭に入っている。気をつけねばとも考えていただけに、敢《あ》えて注意を受けたことには少し落ち込んでしまった。

まだまだ、信用されていないということだろう。一人前への道は遠い。込み上げてくる溜め息を飲み下すと僕は、よし、と再び気合いを入れ直し、まずは内田へのアプローチ方法についてシミュレーションをし始めたのだった。

4

　内田は寮で夕食をとることがあまりない。電力はかなり忙しい上に、課長が部下を誘って飲みに行くのが好きらしく、新人は断りようがなくてほぼ毎日付き合わされているということは、同じ寮なので調べるまでもなく知っていた。

　大門らと相談した結果、僕も課長に付き合わされたという体で駅で張ることにし、終電から降りてきた彼に声をかけることができたのだった。

「あ、内田。よかった。今帰り？」

　酔っている演技は三条からこれでもかというほど仕込まれた。一応ビールも飲んで、酒臭さも漂わせている。

「あれ？　宗正？」

　内田も相当酔っているようだった。

「どうした？」

「もう、課長に飲まされすぎたのがつらくてさ、タクシーで帰ろうとしてたんだ。一緒に乗らない？」

「お、ラッキー。俺も飲まされちゃってさあ」

内田は僕の誘いに乗ってくれ、二人してタクシーに乗り込んだ。

「飲み会？」

「うん。課長が今日、メシ用意してもらってないからって、付き合わされちゃって」

用意も何も、大門は独身だが、そんなことを内田が知るはずがない。内田の課長は、奥さんに気を遣っているのか、はたまた他に理由があるのか、夕食はいらないと宣言しているそうだ。ちなみにこれは桐生が電力の女子から仕入れた情報で、接待のない日は若手が付き合わされているらしい。

「お前もかー。俺もなんだよ」

共感を得れば口も軽くなる。それが狙いだった。内田は相当溜《た》まっていたのか、ここから彼の愚痴大会が始まった。

「新人だから断れなくてさ。オゴリならまだしも、金、とられるんだぜ」

「え？　まさか割り勘？」

「いや、一応傾斜はつけてくれているけど、毎日となるとさすがにきついよ。行きたくて行ってるわけじゃないのにさあ」

寮に到着はしたが、まだまだ話し足りなそうだったので、自分の部屋に彼を誘った。

「ちょっと飲み直さないか？」

「いいね。酔いのせいか目が冴《さ》えちゃって」

運良く内田は今回も誘いに乗ってくれ、僕は彼を連れて部屋に行き、用意しておいた高級ウイスキーを振る舞うことにした。

「これ、どうしたの？」

『庶民派』と言う割りに内田は、値段を知っているようだった。僕は正直、このウイスキーの名前を知らなかった。なんでもアイリッシュウイスキーの高級品で、人気の銘柄らしい。入手先は三条で、ホステスとして潜入していたクラブで貰《もら》ったものということだった。

「親が貰ったんだけど、持っていけって。うちの両親、お酒飲まなくて」

「そりゃ残念。美味《おい》しいのに」

このウイスキーだとストレートがいいというので、二人してグラスに注ぎ、そのまま口をつける。

「やっぱり美味しいなあ」

内田の飲むピッチが速くなる。僕のほうは酔ってしまうと話が聞けなくなるので、あまり飲んでいなかったのだが、グラスに残る酒の量が減っていないことに気づかれたらどうしようと案じつつ、内田に酒を勧め続けた。

幸い、酔っ払った内田は僕が飲んでいようがいまいが、気にならなくなったようだ。

「もう、本当に勘弁してほしいんだよね。毎晩毎晩、面白くもない課長の話に愛想笑いするのにも疲れたよ」

やはり内田は相当ストレスを溜めているようだった。愚痴も相当溜まっているようで、次第にエスカレートしてくる。

「年寄りは自慢話が多くて、ほんと、疲れる。自分が若い頃に上司にへこへこしてたからって、俺にも同じこと求めてくるけど、もう時代が違うんだっつーの。パワハラって言葉、知らないのかよと言ってやりたいよ」

「そんなに酷《ひど》いならスピークアップしてみたらどうかな」

「できないよ……親に連絡行くだろうし……」

ぼそ、と内田が呟くようにそう言い、ウィスキーを呷《あお》る。

「親に気を遣ってしまうってこと？」

普段なら聞き流すほうを選んだが、より、彼の心情に迫るためには共感を得るような言葉を重ねるべきだ。しかし心は痛む。そう思いながらも僕は、内田の心理にもっとも近いのではと思われる言葉で彼を煽《あお》った。

「……やっぱり系列会社とか狙わなければよかった。何をやっても親の名前が出てくるし。できれば『さすが社長の息子は優秀だ』と言われ、できなかったら『社長の息子だからコネでとったんだろう』と言われ……社長の息子としてしか見られないのが不満、なんて愚痴を言おうものなら、自慢かよって言われる。社長の息子は事実なんだから自慢じゃないのにさ。本当にもう、いやになるよ」

「………それは……大変だよな」

そういうストレスを抱えていたとは知らなかった。同じ立場の人間もそういないだろうから共感を得ることも難しいに違いない。とはいえ、本当に彼が盗難にかかわっているのだとしたら同情もできなくなるのだが。さてどうやってこの先話題をそっちに持っていくかと思っていた僕の前で、内田が嬉《うれ》しそうな顔になる。

「やっぱり宗正はいい奴だよ。同期でも、贅沢《ぜいたく》な悩みだと言う奴もいるんだ。櫻井とかさ」

「悪気はないんじゃないか？　羨《うらや》ましいってだけだよ」

櫻井の名が出たことにドキリとする。体育会系の彼は多少無神経なところもあるが、基本的に性格はよかったはずだ。多分、気にしすぎだと言いたかったのではとフォローしようとした僕を内田がギロ、と睨《にら》む。

「お前も櫻井の肩を持つんだ。アイツ、人気あるしな」

「違うよ。同期だし、同じ寮だし、仲良くやろうってだけだよ」

臍《へそ》を曲げられては話が聞けなくなる。なんとか機嫌を取ろうとすると、内田は、

「同じ寮でもさあ」

とまたも愚痴モードに入ってしまった。

「ジュニアとか呼ばれるのが本当にいやだ。だいたい俺の親父はサラリーマン社長で、あとを継げるわけではないとみんなわかってるだろうに。何がジュニアだ。むかつくよ。当間《とうま》先輩とか、高田《たかだ》先輩とかさあ」

「先輩たちも羨ましいんだと思うよ。身近に社長ってなかなかいないし」

ジュニア呼び、確かに聞いたことがあったなと思い出す。呼ばれるたびに内田は今の『サラリーマン社長』という言葉を笑顔で繰り返していたが相当嫌だったようだ。

全然顔に出ないのでわからなかった、と思うと同時に僕は、今出た三人の名前はもしや、と気づいていた。

三人とも、寮で盗難に遭っている。偶然だろうか。それとも必然？　確かめるために怒らせてみようかと考えていたとき、ドアがノックされ、びくっと僕は身体を震わせてしまった。

「誰だ？」

「さあ？」

内田も不審そうな顔になっている。と、ドアが開き、顔を覗《のぞ》かせたのはなんと、真木だった。

「義人、お疲れ。あれ？　内田君、来てたんだ」

「あ、こんばんは」

内田は我に返った様子となっていた。今まで激高していたのが恥ずかしくなったようで、

「じゃ、俺、そろそろ寝るわ。真木さん、おやすみなさい」

バツが悪そうに頭を掻《か》きつつ、退室していった。

「……あの」

多分真木はすべて見抜いた上でやってきたに違いない。それを確かめようとした僕の前に、ミネラルウォーターのペットボトルが差し出された。

「話せるか？」

「はい。勿論《もちろん》です」

頷《うなず》くと真木は、よし、というように微笑んだあと、再びドアへと向かっていく。

「？」

なんだ？　と思っていると、真木はドアを開いて外を見やりすぐドアを閉めて戻ってきた。

「立ち聞きされていないか、一応確かめたんだ」

「しますかね？」

内田が？　と問い掛けた僕に真木は、

「念には念だよ」

と苦笑して見せたあとに、真面目な顔になり問い掛けてきた。

「義人の目にはどう映った？」

「やはり内田が怪しいと思います」

即答すると、真木が目を見開く。

「根拠は？」

「被害に遭った人間に対して、むかついていたようなので……すみません、根拠としては弱いですよね」

　言っている途中でそのことに気づき、自然と声が小さくなる。

「いや、外で聞いていて、僕も彼を疑ったよ」

　なんと。真木が立ち聞きをしていたとは。意外だ、と思ったのが顔に出たのか、真木がまた、苦笑する。

「余計なお世話かなとは思ったんだけどさ。義人は無茶しがちだから、気になっちゃって。ごめんな」

「そんな。謝ってもらうことじゃないんで」

　逆に申し訳ないと恐縮しつつ、僕は真木に己が感じたことを明かし始めた。

「内田は限りなくクロに近いとは思うんですが、確証はありません。でも、相当ストレスを溜《た》めているようでしたし、被害に遭った人間は彼が怒りを覚えた相手のようでした。それで彼を怒らせてみようと考えたんですけど、先輩はそれを阻止してくれたんですよね？」

「危険だからね」

　真木の即答に自然と気持ちが引き締まる。

「危険でしょうか」

「ああ。役割的には、義人には救いのほうを頼みたい。憎まれ役じゃなくね」

「救い？　何をすればいいんですか？」

具体的に、と問い掛けた僕に対する真木の答えは一言だった。

「何もしなくていい。そのままで」

「……ええと……」

そのままというのは、と問い掛けようとしたのがわかったのか、真木が言葉を続ける。

「計算しないほうがいいと思ったんだ。内田は間違いなく救いを求めるだろうから」

「救いというのは？」

意味がわからなくて問い掛けたのだが、答えは更に意味不明だった。

「ええと……良心？」

「それは一体……？」

どういう意味なのだろう。真木の言葉は、やはり僕には意味がわからなかった。

「世の中には根っからの悪人はいないといいなと、僕は願っているんだ。特にうちの社員は更生可能だと」

「内田も更生可能だということですか？」

確認を取ると真木は、

「本人次第だとは思うけどね」

と肩を竦《すく》めてみせた。

「解決策があるんですね？」

「感情を無視すれば」

「え？」

意味がわからない。問い返そうとした僕に真木が問いを発する。

「義人は大事になることを望んでいない……よな？」

「はい、内田が更生して、二度と盗難を行うことがなくなれば、彼が犯人だということは公表しなくてもいいかと……って、やはりダメですかね？」

僕の話を聞いているうちに、真木の表情が曇ってきたのを察し、問い掛ける。

「内田次第かな。ただ、何もペナルティがないと、また同じ事を繰り返すかもしれない。共有されにくい悩みやストレスなのは気の毒だとは思うけど、だからといって盗みをしていいということには当然、ならないからね」

「……ですよね。犯罪ですもんね」

頷いた僕に対し真木が「それに」と言葉を足す。

「ストレスが溜まりに溜まっていても、犯罪に手を染めない人が大多数だということも忘れちゃいけない」

「……そうでした。同期だからつい、思い入れを持ってしまってますが、泥棒は泥棒ですよね……」

しかもお金に困っているわけではなかったはずだ。困窮した上での犯行であっても当然罪は罪なのだが、動機としてはまだ納得できる。

「まずは彼が犯人であるという確証を得よう。そのために罠《わな》を張る役目を義人にお願いするつもりだ」

「罠ですか？　どんな？」

想像がつかない、と問い掛けると真木は僕の耳元に、指示を囁《ささや》いた。

「……なるほど……」

いや、よく考えたら部屋の中は二人きりなので普通に話してくれてもよかったのだが
――なんてことを思いつかないくらい、僕は真木の作戦に感心してしまっていた。

「餌を撒《ま》き終えたら連絡をくれるかな？」

「わかりました。明日《あした》の朝にでもトライしてみます」

確か内田は朝食を寮でとることが多かった。食堂で張ることにしよう。拳《こぶし》を握り締めた僕に真木は、

「焦ることはないからね」

と微笑み、頼んだ、と肩を叩《たた》いてくれたのだった。

翌朝、運よく内田は朝食をとりに食堂へとやってきた。

「お疲れ。二日酔いになってない？」

前夜、一緒に飲んでいたので声をかけることも自然にできる。

「ちょっと二日酔い。味噌汁《みそ》がシジミで助かった」

内田は相変わらずバツの悪そうな顔をしていた。昨日、僕の前で愚痴を——というにには語調が激しすぎたが、喚《わめ》き散らしたことを反省しているようだ。

だが自分から触れてこないところを見ると、話題を戻してほしくはないのだろう。

「シジミって二日酔いにきくの?」

「ああ。朝食の味噌汁、七割がたシジミなのはそのせいじゃないか?」

そんな話をしながら、朝食のトレイを手にとり、そのまま自然に二人で向かい合わせに座って食べ始める。

「ああ、そうだ。昨夜、真木先輩から聞いたんだけど」

「……え? ああ……」

一瞬、内田の顔が曇ったのは、話題が前夜のことに及ぶと案じたからのようだった。

「寮で盗難があった話、知ってるだろ? あれ、やっぱり警察が調べることになったって」

「警察?」

問い返してきた内田の表情に気をつけていたが、咄嗟《とっさ》のことで固まっている、といった感じだった。

「うん。和田さん、いつも書留類は自室の机の引き出しに保管しているそうなんだけど、その引き出しを中心に、指紋を調べることになったと聞いたよ」

「指紋……刑事ドラマみたいだな」

内田は笑っていた。が、顔は少し引き攣《つ》っているように見える。

「本当だよな。場合によっては寮の人間全員、指紋を提出してもらうことになるんだって。なんだか複雑だよな。犯人扱いされてるようで」

「本当に。しかし警察って。よく会社が許可したな」

内田の発言は、特に不自然ではなかった。盗難事件のあと、なぜ警察に届けないのかと被害者の櫻井が激怒していたのを、先輩の誰かが、社内に犯人がいた場合、会社の評判は更に落ちるだろうから届けられないのだろうと宥《なだ》めていたらしい。

「素人が指紋を調べるには無理があるからみたいだ。実際逮捕までさせるかは微妙なところだそうだけど」

「……そうなんだ」

内田の動揺が増したように見える。気のせいではないと思うのだが、と彼の表情に気を配りつつ、そしてそんな素振りは見せまいと気をつけながら、僕は計画したとおりの言葉を続けた。

「うん。主事の部屋には、基本的に和田さん以外は入らないだろう？　あ、清掃の人は入るか。だから和田さんと清掃の係の人以外の指紋が残ってないかを調べるんだって。明後日《あさって》だったかな」

「もう日程が決まってるんだ？」

やはり確認を取ってきた。真木の読みどおりだと思いながら僕は、

「確か、明後日と聞いたよ。明日は寮内に監視カメラを設置するんだって」

と真木の指示どおりの言葉を告げた。

「監視カメラはあるじゃないか」

内田の表情に更なる焦りが見える。

「建物内に設置するんだって。和田さんの部屋の前にも設置されるそうだ。警察が来るのに、あまりに警備関係がお粗末だとまずいということで。盗難事件のあとに何も対策を講じていないというのは問題だと慌てて設置を決めたそうだよ」

「……落ち着かないな。明日カメラで明後日警察か」

内田が憂鬱《ゆううつ》そうな顔になる。しかし彼の顔色は悪く、瞼《まぶた》がぴくぴくと痙攣《けいれん》しているのが見てとれた。

「会社としては外部の犯行と見て、警察を介入させることにしたようだと、真木先輩は言ってたよ。寮にいる社員が犯人のはずがないって」

「そりゃそうだよ。社員が盗んだってことはないと俺も思う」

内田の口調は明るい。僕が疑っているからかもしれないけれども、明らかに無理をして笑みを浮かべているように感じた。

「オフィスでも盗難があったようだし、最近物騒だよね」

オフィス内の盗難事件とのかかわりを知るためにさりげなくカマをかける。だが内田は話に乗ってはこなかった。

「本当だよな。悪い、今朝は早く行かないといけなかったんだった」

慌ただしく立ち上がり、トレイを下げにいく。そのまま食堂を飛び出した彼の後ろ姿を暫《しばら》く目で追ったあとに、戻ってくる様子がないことを確かめた上で僕はポケットからスマートフォンを取り出し真木にメールを打った。

真木からはすぐに『了解』と返信がきた。あとの作業は真木が担当するということだったが、僕に手伝えることはないのか、と再度メールを打つ。

『充分だよ。それに実際の作業は業者がやるから、気にしなくていい』

真木からはすぐに返信がきた。自分が手を動かすわけではないから、と、わざわざ言ってきたのは、僕を思いやってくれているからだろう。ただでさえ忙しいのに、申し訳なかったと反省すると同時に僕は、今回も結局自分ができたのは、櫻井から盗難事件の愚痴を聞くことだけだったなと落ち込んでいた。

真木の作戦は、驚くほど彼の思いどおりに進んでいった。

警察の介入は勿論《もちろん》嘘である。指紋を採ると脅せば内田は動くだろうという読みだった。手袋をしていたら効果はなかったが、そこまでの用心はしていまいという真木の予想どおり、内田は体調不良を理由に昼休み前に寮に戻り、主事の部屋を訪れた。主事が昼食時には部屋にいないことをあらかじめ知っていたようである。

内田は今回は手袋をしており、机の引き出し周辺を丹念に拭《ぬぐ》ったあと、食堂にいる主事に声をかけ、風邪薬をねだった。二人は主事の部屋に入り、内田は風邪薬をもらって退出したが、それは、たとえ室内で指紋が見つかったとしても、部屋に入ったことがあるという状況を作り出したという、彼の浅知恵だった。

なぜ僕が彼の行動をこうも把握しているかというと、『見た』からだ。見たといっても現場にいたわけではなく、録画された監視カメラの映像を観たのだった。そう、内田が出勤してすぐ、業者が入り主事の部屋に監視カメラが設置されたのである。

敢《あ》えて目立たないタイプを選んだため、内田は気づくことなく一連の作業を終えた。録画データは即座に人事部に提出され、翌日、内田は人事から呼び出しを受け、映像を突きつけられたのだそうだ。

はじめ彼は、風邪薬を探していたと言い訳をしたというが、その嘘を突き通すには画像が精密過ぎた。指紋を拭おうとした理由を問い詰められた彼はついに犯行を自供したが、親にだけは連絡しないよう懇願したという。

そういうわけにはいかないと、結局は父親に連絡がいき、内田社長はすぐに謝罪に訪れた。父親は息子の不祥事に頭を下げたあと、本人になぜそのようなことをしたのかと理由を問い質《ただ》し、自暴自棄になっていた内田は自身が抱えていたストレスを全てその場で吐き出したのだそうだ。

結果、内田の課長にも注意指導がなされ、社内のイントラに、上司からの誘いは断っ

ても いい、上司も節度を持つようにという通達があがった。

内田は会社を辞めたが、解雇ではなく依願退職扱いとなった。彼が盗みを行ったことは公表されはしなかったが、退職前に内田は櫻井や他の被害者に対し、謝罪と金銭の弁償を申し出たと、僕は櫻井から聞いた。

「あいつがそこまで追い詰められていたと気づいてやれなかったのは申し訳なかったよ」

自分もまた追い詰めていた側の人間だと、本人に言われてはじめて気づいた、と、櫻井は反省していた。

「辞めなくてもよかったのにな。もう上司からの誘いもなくなるだろうし、皆も気を遣うようになるだろうし……でも、それはそれで耐えられないか」

気のいい櫻井は、内田に同情していた。他の被害者も、そして社員たちも概《おおむ》ね同情的だった。公表はされなかったが内田の退職理由は噂として広まっていたからである。

当然、広めたのは真木をはじめとする総務三課の面々だった。僕もその一人である。

退職した内田はMBAを取得するためにアメリカに留学する準備をしているそうだ。

それを教えてくれたのは、大門だった。

「これが最善策かは悩むところだった。でも、内田社長の希望でもあったんだよね」

定例の会議で大門は、僕の知り得なかった今回の作戦の全容を改めて説明してくれたのだった。

「内田社長には事前に連絡が行ってたんですか」

真木も知らされていなかったらしく、驚いた様子で大門に問い掛けている。

「ああ。朱雀さんがコンタクトを取り、息子のストレスについても説明した。謝罪の場に息子も同席させた上で、ストレスについて吐き出させたんだ。息子とは事前の打ち合わせはしていなかったというが、性格を読んでたんだろう」

「なるほど。あの通達を出させるためですね」

桐生が感心した顔になる。

「悪しき慣習だからね。今まで我慢してきた若手もたくさんいるだろうし」

上司の誘いは断れない。そんな風潮が確かに社内にはあった。やはり藤菱商事は旧態依然としていると実感する。

「内田社長の協力を仰げたのは、息子が盗難を行ったからですか？」

真木の問いに大門は「まあ、そうだね」と苦笑した。

「息子を人質にとった……というわけでもなかったんだが、結果としてはそうなった。でもそれだけじゃなかったんだよ。父親が社長ということで特別扱いをされる苦悩を予測できなかったことに対する罪悪感もあったんじゃないかと思う」

「うーん、言い方は悪いけど、甘えてますよね。新入社員とはいえもう大人でしょう？父親がそこまで考えてやる必要はないんじゃないかなあ」

桐生が不満げに告げるのに、

「いくつになっても子供は子供だから」

と大門が尚《なお》も苦笑する。

「過保護だとは僕も思うよ。留学費用は出してやるのだろうしね」

「実際、会社に残ったとしても、これだけ噂が回っていたら針のむしろだろうし……あ、だから噂を立てたんですか？　内田社長の差し金？」

桐生の言葉で、遅まきながら僕はその可能性に気づき、愕然《がくぜん》とした。

「もしかして内田は、辞める気なかったんですか……？」

僕の問いに大門は首を横に振りつつ口を開いた。

「本人の希望までは知らない。内田社長がほとぼりをさますために息子を留学させたいという希望を持っていたことは知っているけど」

「……本人はつらいかもしれません」

内田は父親である内田社長について話題にされるのを厭《いと》うていた。そんな彼が父親の庇護《ひご》を受けることをどう感じているだろうか。

自己嫌悪に陥っていないといい。社長令息であることをそのまま受け止め、傲慢《ごうまん》に過ごすような愚かさは彼にはなかった。そんな人間だったらストレスを溜《た》めることもなかっただろう。

今、内田が苦悩していないといい。彼のしたことは許されるものではなかったにせよ、被害者である櫻井は彼を許していた。他の被害者もそうだと聞く。この会社でやり直すという道は残っていたはずなのに、それを父親が潰《つぶ》してしまった。

「だとしても、選んだのは本人だし。それに将来的なことを考えれば、MBA取得は悪くない選択だよ。依願退職だから次の就職先を探すのに障害もないしね」

淡々と告げる大門の言葉には説得力はあった。が、釈然としないものは残っている。だとしても僕が口を出せることではないということもわかっていたので、

「そうですね」

と言うに止《とど》めた。

「あ、社内の盗難の犯人も内田だったんですか？」

そういえば、と桐生が話を振る。

「いや。内田君はそっちは違うと言ってたよ」

「だとすると、内田を特定できたのは偶然の産物だったということですね」

真木が意外そうな顔になる。

「あ……」

盗難があったフロアにいる寮住まいの社員、ということで容疑者を絞ったのに、偶然だったとは、と驚いた。

「犯人、見つかったんですか？」

「まだだけど、今後は各フロアに防犯カメラを設置することが決まったから、社内の盗難はなくなるよ」

大門の答えに真木が頷《うなず》く。

「印紙の件で、伝票認証に関しても規律が厳しくなりましたが、防犯カメラにしても経理の規律にしても、本来なら当然、あってしかるべきものだったんですよね」

「うん。うちの会社は遅れている。ハード面でもソフト面でも。我々のような陰のチームがあるくらい、内部統制が確立できていない」

大門はそう言うと、僕らを見渡し、再び口を開いた。

「こうして一歩一歩、進めていくしかない。さて、次の任務にかかろうか」

「はい」

「次って？　もう決まってるんですか？」

返事をする真木と、明るく問い掛ける桐生は既に、気持ちの切り換えがすんでいるようだった。僕だけがまだ、ひっかかりを覚えているのは、加害者が同期、しかも同じ寮の仲間だったからかもしれない。だが、そんな感傷的な気持ちにとらわれている場合ではない。僕も切り換えなければと心を決めたものの、小さなひっかかりはいつまでも心から消えていかなかった。

5

なんとなく浮かない日々を過ごしていたが、そんなことは言っていられない事態が起こった。会社がいきなり巨額の損失を世間に発表したのだ。

損失額は三千六百億円。倒産するような額ではないが、発表していた今期の予算は大幅赤字に下方修正された。

「昨日の臨時取締役会の議案、これだったのか」

桐生が悔しそうな顔になる。

「全然気づかなかったよ」

「欧州の海外風力事業に関して、ヤバいとは聞いていたけどここまでだったとはね」

三条も珍しく動揺している。僕も驚きはしたが、どうして皆がこうも青ざめているのかがわかっていなかった。

「倒産は……しないんですよね？」

マスコミ発表と同時に、イントラには社長からの事態説明があがっていた。が、記者発表をしたという報告だけで、どうしてそのような事態が起こったのかということに関しての説明はなかった。

「このくらいの損失は持ちこたえられるけど、株価は暴落するよね」

ただでさえ低いのに、と大門が肩を竦《すく》める。

「……なるほど……」

株価も、それに会社の評価も下がってしまう。それを案じていたのか、と納得していた僕の横で、桐生が大門に問い掛ける。

「もしかして真木が経理に残ったのって、この件と関係あります？」

「ああ。まさにこれだよ。損失は免れないだろうが、会社がどういった決着をつけるのかを見極めたかった。まさか、ここまでの損失を計上することになるとは予想していなかったが……まあ、今できる最善の策だったんだろう」

大門が溜め息交じりに告げ、首を横に振る。

「リストラとか、あります？」

三条の問いを聞き、僕はぎょっとして彼女を見やった。

そうだ。倒産はしないといわれているが、リストラはあるかもしれない。しわ寄せが来るのはまずは派遣社員では、と思ったのがわかったのか、大門は、

「全社的にはないとはいわないけど、ウチは大丈夫だ」

と断言し、三条に頷いてみせた。

「いや、別にリストラならリストラでいいんですけど」

「じゃあなぜ聞いたの」

あっさり言い返す三条を見て、桐生が思わず突っ込む。

「私の同期でまだ社員でいる事務職が心配だったので」

相変わらず淡々とした口調だったが、三条の表情は珍しく曇っていた。そういえば彼女はうちのOGだった、と思い出す。いつも部屋にいるので同期と交流があったとは知らなかった、と僕はつい、三条を見てしまっていたのだが、視線が煩《うるさ》かったのか彼女に睨《にら》まれ、慌てて目を伏せた。

「にしても、こういう情報って漏れがちだけど、今回、噂を全然聞かなかったよ」

桐生が感心した声を出す。

「損失を出した部門の口が堅かったんですかね」

「ああ。社員に対してはね。でも」

と、大門がここで言葉を途切れさせる。

「『でも』？　なんです？」

桐生が不思議そうな顔になったとき、

「遅くなりました」

とドアが開き、真木が入ってきた。

「それじゃ、打ち合わせをはじめる。三条君、いつものように頼むね」

大門が立ち上がり、僕たちに目配《めくば》せをしてキャビネットの前に立つ。

「……あ……」

　乱雑に並べられたファイルの一つを押すと、キャビネットがスライドし、秘密の会議室が現れる。映画のセットのような造りだが、極秘の会議をする際に使われる部屋が、地下三階の執務室には隠されているのだった。

　総務三課への人の出入りは滅多にないが、三条には見張りとして外で待機してもらっている。一体議題はなんなのかと自然と緊張が高まり、気づいたときにはゴクリと唾《つば》を飲み込んでしまっていた。

「損失計上絡みなんだが、実は社員の誰も知らなかったこの件が、外に漏れていた疑いがある」

　大門の発言に、僕は思わず驚きの声を上げていた。

「えっ？　どうしてわかるんです？」

「ああ、株ですね」

　わからなかった答えを、僕以外の二人は既に得ているようで、真木がそう大門に確認を取り、大門もまた頷いている。

「株？」

「そうだ。当社の株がこの数日で、大量に売りに出された。今日、暴落するとわかってのことだろう」

「それはもしや……」

ニュースで聞いたことがある。確か、とその単語を思い浮かべていた僕に大門は、そうだ、と頷き口を開いた。

「ああ。インサイダー取引が行われたとみて間違いない」

「巨額損失の情報を何者かが流したと……しかし『この数日』となると、情報源は絞れませんか？」

真木の顔が強張《こわば》っている。桐生もまた珍しく真面目な表情となっていたが、僕は情けないことに二人がなぜ、そんな顔をしているのか、まったく理解できていなかった。

「トップに近い人間だろう」

その答えを大門が教えてくれる。

「えぇっ」

確かに、社員が今日まで知らなかった情報を事前に知ることができたのは、決裁する側の人間ということだ。気づいて然《しか》るべきことだったのに、と驚きのあとには落ち込みがやってきて、つい、俯《うつむ》いてしまう。

「株を売った側は、当社役員のOBと思われるが、こちらの特定は朱雀さんのほうでするそうだ。我々の任務は、情報を流したのが誰かということを調査することだ。警察が動くより前にね」

「目星はついているんですよね？　当社の役員ですか？」

桐生がさらりと大門に問う。

どうすれば告発できるのだろう。途方に暮れているのは僕だけで、真木も大門も冷静に発言している。

「取締役会に出席している役員には違いないが、証拠を摑《つか》むのは難しいな」

「海外の洋上風力案件というと、海外インフラ事業本部が担当です。撤退の決裁をあげている部署の人間も調査したほうがいいですね」

「状況を一番把握しているのは海外駐在員かもしれない。そっちも調べるべきだな」

今の今、インサイダー取引について知らされたというのに、真木や桐生は、社内の情報や知識が蓄えられているがゆえにこうした発言ができるのだろう。

それに比べて僕は、と俯くしかないのが本当に情けない。入社してもう半年も経っているのに、と僕が唇を嚙《か》んでいる間に、真木が古巣の海外インフラ事業本部に、桐生が現地の駐在員にそれぞれコンタクトを取るという指示が大門から出された。

「ああ、そうだ。まったくの別件なんですが」

僕への指示が下る前に、桐生が思い出したような表情となり手を挙げる。

「なにかな？」

「社長の娘婿の水野《みずの》部長、自動車六部の。愛人がいるらしいという話があったの、覚えてます？」

「ありましたね、そういや」

真木が即座に頷《うなず》く横で僕は、彼の部の接待が初仕事だったと思い出していた。

水野部長も関与していると思われたが、彼については証拠を摑むことができなかった。部下の二人が私的な飲み会を接待費で落としていたことを突き止め、降格処分をくだしたところで終わっていたのだが、清掃の人情報で水野部長には愛人がいるらしいとわかったのだった。

「それがなんと、部下なんですよ。部内不倫というわけです」

社長の娘婿であるというのに愛人とは、とその話を聞いたときには相当驚いたものだった。その後、水野部長の名前を聞くことはなかったのだが、今になって愛人がわかったとは、と僕は改めて桐生を見やった。

「よくバレないね」

大門が呆《あき》れてみせる横で、真木もまた、

「リスク高いですね」

と驚いている。

「誰？」

大門の問いに桐生が答えたが、それを聞いた大門と真木、二人の驚きようのほうに僕は驚いてしまった。

「八年目の事務職、檜山冴子《ひやまさえこ》さんです」

「檜山さんだって？」

「彼女は確か……っ」

「……え？」

二人して何を驚いているのか。わけがわからず戸惑っていた僕をちらと見やり、桐生が答えを教えてくれる。

「はい。亡くなった海外不動産部長の秘書だった人です。この四月に異動願いを出し、自動車六部に異動しています」

「……檜山さんが不倫……到底信じられないです」

真木が呆然《ぼうぜん》とした顔になっている。

「俺だって信じられなかった。でも、間違いないみたいだよ。自動車六部で噂になりつつある」

桐生の言葉に真木が何かを言いかけ、黙る。

「あの……どうしたんですか？」

まるで話が見えない。室内がしんと静まり返ったため、説明を求めていいものか迷いつつも僕は皆に問い掛けた。

「ああ、悪い。動揺してしまったよ」

すぐに答えてくれたのは大門だった。

「檜山冴子さんは、亡くなった海外不動産部長、遠藤《えんどう》さんというんだが、彼の死に非常にショックを受けていた人なんだ。最後まで彼の無実を信じ、寄り添っていた。そんな健気な姿を見ているだけに、まさか不倫とは……しかも経営者一族が相手とは、到底信じられることじゃないと、皆して驚いたんだ」

「……そう……だったんですか」

話を聞いただけでも驚愕《きょうがく》する。例の外国公務員の贈賄事件で、一人で罪を被《かぶ》って自殺をしたとされる部長。彼に最後まで思い入れを持ち、寄り添っていた女性が本当に水野の不倫相手なのだろうか。

海外不動産部長の自殺で事件は幕を下ろしたが、会社ぐるみの犯行だったに違いないという世評は未《いま》だに収まっていない。檜山は疑っていないのか。いないからこそ、社長一族と不倫関係になれたのか。

いや、もしや――？

「あの……推察でしかありませんが、もしや、彼女は目的をもって水野に近づいたのではないでしょうか」

僕の頭に浮かんだ考えを、真木が言葉にする。

「敢《あ》えて水野に近づいたって？」

桐生が驚いたように問い返したあと、「それはどうかな」と首を傾げた。

「檜山さんに関しては俺もそのほうがまだ納得がいく。とはいえ、愛人だぜ？　今回、噂になったのは、二人がホテルから出てきたところを目撃されたからだった。女性が自分の身体を犠牲にしてまで、かつての上司のために動くと思うか？　動いていたとしたら、そのほうが問題だと思うよ」

「………なんと」

大門も、そして真木も、ショックを受けている。僕はおろおろとすることしかできず、そんな僕を気にとめる人間は誰もいなかった。

「……檜山さんの性格からして、あり得ない話じゃないと思う」

暫《しば》くしてから真木が口を開いたが、彼の顔は酷《ひど》く青ざめていた。

「水野の愛人になり、彼から事件の真相を知ろうとしている。真木はそう判断してるんだな？」

桐生の確認に真木が頷く。

「大門さんは？」

「どうだろうね……檜山さんは正義感が強かったし、亡くなった遠藤部長のことも慕っていたけど、そこまでするかなとは疑うかな、やはり」

「遠藤部長とは男女の仲だったわけじゃないんだろう？」

桐生が問い掛けたと同時に、真木が物凄《ものすご》い目で彼を睨《にら》む。

「あり得ません。遠藤部長は愛妻家でしたし、檜山さんも真面目な人です」

「わかってるって。怒るなよ。そんな真面目な女性が、水野の愛人になっているという事実をまず受け止めないと」

「………」

それを聞いて黙り込んだ真木の顔は、酷く傷ついてみえた。真木こそ、檜山に対して思い入れが強いのではと気づいたときには、僕は後先考えず口を開いてしまっていた。

「あの、その件は僕が探ってみるというのはどうでしょう」

「義人が？」

真木が戸惑った顔になる。

「ああ、いいかもね。宗正君は今年の新人で、贈賄事件については何も知らないという体で近づけるし」

一方、大門は僕の提案を即座に採用してくれ、あまりに簡単に許可が得られたことに逆に僕は戸惑っていた。

「……本当にいいんでしょうか」

「勿論《もちろん》。ただ、簡単ではないと思うよ。決して焦らないように。偶然を狙って接近する。できるかい？」

「や、やります」

できるか否か。できないと答えたら何も変わらない。なので僕は『やります』と告げたのだが、なぜか大門には不安がられてしまった。

「無理しないでいいから。とにかく、疑われないように。デリケートな問題だからね。愛人ですか？　とか聞いちゃダメだよ」

「わ、わかってます。さすがにそのくらいは……」

信用がないにもほどがある。落ち込みそうになったが、それが現状の僕なのだと認めるしかなかった。

「自動車六部の同期に、まず話を聞いてみたらどうかな？　不倫の噂がどのくらい広まっているかを知るために」

真木も僕を信用していないらしく、具体的に指示を与えてくれる。

「……わかりました。やってみます。あの……」

今はインサイダー取引の解明で大変なときだということは充分理解している。それだけはわかってほしい、と僕は皆を見渡した。

「絶対に皆さんのお荷物にはなりません。無茶もしないし、迷惑もかけませんので、ご安心ください」

「誰もそんなこと、心配してないからね」

大門がすぐに笑顔を向けてくれたが、フォローにしか聞こえなかった。

「前にも言ったけど、本当に焦ることはないんだ。そもそも義人は新入社員だ。知識量が足りないのは当たり前なんだから」

真木もまたフォローしてくれたが、いつまでも『新入社員』であることに甘えていられないことは自分が一番よくわかっていた。

「卑屈になることないって。適材適所。無理は禁物だからな」

桐生にまでフォローされ、いたたまれない気持ちになる。しかしそんな態度を取るとますます気を遣われるとわかっていたので、僕は「頑張ります」とだけ告げ、深く頭を下げたのだった。

真木と桐生は、それぞれの任務に向かっていった。僕はというと、まずは檜山冴子の情報を得ようと、三条の協力のもと、色々と調べはじめた。

「SNSはやってないみたい。鍵《かぎ》アカも、自動車六部に異動になったときに全部閉じたみたいよ」

「……そう……ですか」

そんな中、三条が過去の画像を検索して見せてくれた檜山は、清楚《せいそ》な雰囲気の美しい人だった。

この人と『不倫』はやはりイメージが合致しない。とはいえ人は見た目によらないというし、と、パソコンの画面を眺めていた僕に、三条が話しかけてくる。

「彼女のメールのやりとり、見たい?」

「えっ。見られるんですか?」

驚いた僕に三条は、

「社内メールならね」

と言ったかと思うと、キーボードを操作し、メールの画面を開いた。

「……あの……これって……」

ハッキングしたんだろうなと察すると同時に、大丈夫だろうかと心配になる。

「さすがというか、マズそうなやりとりはすべて削除済みね。その上ゴミ箱も常に空にしてる。でも、甘いな。削除されたメールだって復元できるのよね」

言いながら三条が尚《なお》もキーボードを操作する。

「水野部長とのやりとりを抜き出したわ」

保存したから見て、と、相変わらず淡々と告げられたが、呆然としていたためにお礼を言うのが遅れてしまった。

「あ、あの、ありがとうございます」

「適材適所」

礼を言うと三条はその四文字熟語を告げただけで、再び仕事に戻ってしまった。

過去のメールのやりとりは、待ち合わせ場所と時間の連絡だった。一番最近のは、と、メールを読んで、まさに今日だと気づく。

今日、彼女は水野部長と銀座で待ち合わせをしていた。メールは短文で場所と時間だけ、というパターンが多い。私用の携帯ではなく会社のメールを使っているからだろうか。しかしなぜ使うのか。疑問だったが、履歴を確認しているうちに、どうやら水野が私用の携帯を持っていない上、社用携帯にも常に妻のチェックが入るため、ということがわかってきた。

『携帯に連絡は不可。家人のチェックが入る』

二人のやり取りが始まった頃のメールにその一文があった。会社のメールもＩＴの責任者なら閲覧できることがわかっているからか、二人のメールの文面は実にビジネスライク、かつ短文だった。

待ち合わせ場所と時間だけしか書かれていないこれらのメールは不倫の証拠としては弱い。やはり今日、約束の場所に行くべきだろうと心を決め、終業後に二人の待ち合わせ場所へと向かった。

今日の待ち合わせも、水野からの指示だった。銀座にあるシティホテルのロビーだったので、待ち合わせの十分前から張っていると、約束の時間のきっかり五分前に彼女は姿を現した。

一方、相手は、と水野の姿を探す。だが待ち合わせの時間が過ぎても水野は現れなかった。女性を待たせるとは、と憤ったが、結局、それから三十分経っても水野は姿を現さなかった。

スマートフォンの画面を見ていた檜山が、溜《た》め息を一つつき、立ち上がる。水野から連絡があったかどうかはわからないが、ドタキャンでもされたのか、そのままホテルを出て駅へと向かっていった。

話しかけるきっかけは――なかった。待ち合わせ場所が変わったのかもしれないと、あとを追ってみようと試みたが、何度か振り返られたので諦《あきら》めた。直接顔を合わせたわけではないが、毎日事務用品の配達に行っているので、顔を覚えられているかもしれないと案じたのだ。なんの収穫もなかったなとがっかりしながら僕は、もしかしたら、と再度ホテルに引き返した。檜山は帰ってしまったし、もし、ドタキャンされたのでなければ、水野部長が顔を見せるのではないかと思ったのだ。

「……っ」

そうはいいつつも、少しも期待していなかったというのに、ロビーで水野の姿を認め、僕は思わず声を上げそうになった。すんでのところで堪《こら》え、柱の陰に身を潜める。

水野はスーツ姿の男と二人で何かを話していた。近づけば少しは話が聞けるだろうか。しかし、と躊躇《ためら》っているうちに、男は水野から離れ、水野はロビーのソファに座り、呆《ぼう》然《ぜん》としていた。

待ち合わせをすっぽかしたのは彼のほうではなかったのか。しばらくぼんやりと座っていた水野が、ゆっくり立ち上がり、どこかに向かっていく。

「？」

目的地はどこなのか。答えはすぐに見つかった。ホテルを出た水野が向かったのは、最近、見かけることも少なくなった電話ボックスだった。

自分の携帯を使えば、『家人』にチェックされる。それで公衆電話を選んだのだろう。

どこにかけたのか、想像はついた。が、確証はない。少し離れたところから彼の入った電話ボックスを見ていたが、当然ながら声が聞こえるはずもなかった。

通話時間はほんの一分ほどだった。果たして『通話』ができたかもわからない。がっくりと肩を落としたその様子から、もしかしたらドタキャンを食らったのは水野のほうだったのかもしれないという可能性に気づき、なんともいえない気持ちになった。

ホテルのタクシー乗り場から、水野はタクシーを拾って乗っていった。家に帰ったのだろうか。たとえそうだとしても、そして違ったとしても、確かめる術《すべ》はない、と溜め息を漏らす。

僕も帰宅しようと諦め、タクシー乗り場があるほうの出入り口に向かう。と、その場に相応《ふさわ》しくないチンピラ風の男たちの姿を数名見かけ、ぎょっとした。

チンピラたちは固まって話していたが、やがてホテルを出ていった。なんだったのだろうと訝《いぶか》りつつ、僕はタクシー乗り場を通り過ぎると、地下鉄の駅に向かい足を速めたのだった。

今日のところはなんの収穫もなかった。それにしても、と水野部長の姿を思い出し、首を傾げる。

気のせいか、酷《ひど》く疲れているように見えた。そして檜山。待ち合わせの場所と時間はメールどおりだった。三十分待ったが水野が来なかったので帰ったのだろう。その後、水野はホテルに来たので、待ち合わせに遅れるという連絡ができなかったものと思われる。スマホを使えないのは、こうした急な待ち合わせ変更のときには大変だなと余計なお世話のことを思いつつ、帰路につこうとしていた僕のスマホが着信に震える。

「あ」

着信があったのは、総務三課の任務用に渡された、2台目のスマホだった。かけてきたのが真木とわかり、慌てて電話に出る。

「はい、宗正です」

『義人か。今どこだ？』

真木の声に緊張が溢《あふ》れているのがわかり、僕の緊張も一気に高まる。

「銀座の駅近くです」

『大門さんのマンション、覚えているか？』

「え？」

思いもかけないことを急に聞かれ、一瞬戸惑った。が、すぐに我に返ると、

「はい。晴海《はるみ》の高層マンションでしたよね。七階の、ええと……」

部屋番号までは記憶にない。

『七〇四だ。集合がかかったからすぐに向かってくれるかな』

「え？　あ、はい。わかりました」

一体どうして、と問いたかったが、真木が焦っているのは声からわかったので、承諾の返事をし、電話を切る。用件は行ってから聞けばいい。それにしても何があったのだろうと、僕の頭の中はクエスチョンマークで一杯になっていた。

銀座でタクシーを捕まえるのは大変だったので、晴海通りを歩くことにした。途中、空車がきたら乗ろうと思っているうちに勝鬨橋《かちどき》も渡り終え、課長のマンションに到着する。オートロックのインターホンで七〇四号室を呼び出すと、大門の声がスピーカーから響いてきた。

『入って』

「すみません、お邪魔します」

銀座にいたのに歩いたせいで思ったよりも時間がかかってしまった。僕待ちだったらどうしよう。そもそも皆、いるのだろうか。まさか大門一人のところに呼ばれたのか？いや、真木は確か『集合がかかった』と言っていたし、とあれこれ考えているうちにエレベーターは七階に到着し、僕はかつて一度だけ行ったことのある大門の部屋に向かった。

インターホンを押すと、ドアを開けてくれたのは真木だった。

「遅くなって申し訳ありません」

「いや、遅くはないよ。僕も今着いたところだから」

真木は笑顔を向けてくれたが、やはり表情は少し強張《こわば》っているように見える。本当に何があったというのかと訝りつつ、彼に続いてリビングダイニングに足を踏み入れた。

「メシ、食べた？」

部屋には桐生と大門がいた。三条はいないのかという僕の考えを読んだらしく、大門が口を開く。

「今日はこの四人だ。緊急事態が起こってね」

「緊急事態ですか？」

だから真木も緊張しているのか。桐生の顔色も少し悪いような。そして大門も。一体何が起こったのかと案ずるあまり、僕はごくりと唾《つば》を飲み込んでしまっていた。

「ああ。インサイダー取引で早くも当社から逮捕者が出ることがわかった。明日《あした》にでもニュースになるはずだ」

「え？　警察に先を越されてしまったということですか？」

警察より前に、社内で情報を流したのが誰か特定せよというのが任務だった。そんな、と呆然としていた僕の前で、大門が抑えた溜め息を漏らす。

「警察に先を越されたというよりは、先手を取られたといったほうが正しい」

「先手を……？」

先を越されたというのと、先手を取られた、言い方が違うだけではと疑問を覚えたせいでつい、問い返す。

「またやられたんだよ」

と、横から桐生が憮然《ぶぜん》とした顔でそう言い、肩を竦《すく》めた。

「何を……あ」

問おうとして、もしや、と答えに気づく。

「そう。スケープゴートだ」

横から真木が、その『答え』を口にする。

やはりそうだったのか——かつて海外不動産部長が一人で罪を背負わされたように、と僕は唇を噛《か》んだ。

情報を流したのは役員ではないかと、昼間言われていたことを思い出す。役員の罪を誰に被《かぶ》せようとしているのか。まさかまた自殺なんてことになったらどうしよう。

動揺しつつも僕は、今回の被害者は誰なのかが気になり、大門に問い掛けた。

「……誰がスケープゴートにされるんですか？」

「おそらく間違いはないと思うが、正直意外な人物だ」

「意外？」

どういう意味で意外なのだろう。首を傾げた僕だったが、大門が告げた名を聞き、その意外さに仰天したあまり大きな声を上げてしまった。

「水野部長だよ。社長の娘婿の」

「なんですって⁉」

今の今、その姿を目にした彼が、明日、逮捕されるというのか。呆然としていた僕の頭には、酷く疲れた様子の水野部長の姿が蘇《よみがえ》っていた。

6

呆然としてばかりはいられない、と僕は、今水野を見たところだったという話を皆にしたのだった。

「その話を聞きたかった。三条君から今日、水野部長と檜山さんが約束していると聞いていたからね」

大門はそう告げたあとに、「それにしても」と首を傾げた。

「その様子だと、約束後に逮捕のことを本人が知ったのかもしれないね。それで待ち合わせに遅れたのかも」

「まあ、逮捕されるならデートどころじゃないですからねえ」

桐生が呆《あき》れたように肩を竦める。

「でも、約束の場所には来たんですよ、水野部長。それに電話もしてました。公衆電話からですけど。檜山さんに明かすつもりだったんでしょうか？」

「どうだろうな。二人の仲によるとは思うけど、社員に明かすとはちょっと思えないが……」

大門が首を傾げる横から、真木が問い掛けてくる。

「水野部長が話していた男だけど、顔を見ればわかるかな？」

「多分……」

「会社では見たことのない男だった？」

「はい。見覚えはありません」

スーツを着ていた。会社員という印象はあるが、社内では見かけたことがないような。部長以上の顔は一応覚えているし、毎日社内を巡っているときに、人の顔はできるだけ見るようにはしている。社内で見たことがあればわかると思うのだが、と男の顔を思い返していた僕に、今度は桐生が問い掛けてきた。

「他に何か気になること、あった？」

「気になること……」

あっただろうか、と思い出そうとし、一つ思いつく。

「あ、ホテルのロビーにチンピラが数名いました。水野部長がホテルを出たあとに、彼らもいなくなりました」

「銀座のホテルにチンピラと部長と接触したというわけではないんですが……」

大門の言葉に皆、頷《うなず》く。

「あの」

大門の情報に誤りがあるとは思えない。しかしどうにも違和感がある。それで僕は改めて己の疑問をぶつけることにした。

「なに？」

にっこり、と大門が目を細めて微笑む。

「水野部長は社長の娘婿ですよね？　それに海外インフラ事業本部でもない。どうして彼がスケープゴートにされるんでしょうか？」

「社長の娘婿だからじゃない？」

僕以外は皆、疑問を持っていなかったようで、桐生が横から答えてくれる。

「え？」

「社長にバレたんじゃないか？　浮気が」

意味がわからず戸惑っていた僕に、今度は真木が解説してくれる。

「！　ああ！」

そういうことか、とようやく僕は、納得することができた。

「娘を裏切っているわけだからね。義理の父親が会社のトップという立場を利用し、不正に情報を入手して役員ＯＢに伝えた――という筋書きにするんだと思うよ」

大門が詳しく説明してくれ、更に理解が増す。

「しかし大人しく逮捕されますかね？　会社は解雇になるでしょうし、よほどの旨《うま》みがないと、この先の人生、前科者として生きていくという決断はできないんじゃないかと……」

桐生の言葉に真木も頷き口を開く。

「それに、浮気がバレているなら、離婚されても文句は言えないわけで……一族からも追い出され、罪も被らされ——となると、さすがに黙ってはいないんじゃないかと思いますよね」

「そうだね。将来の保障を確約でもしていない限り、引き受けはしないだろう」

大門も同意したあと、「ただ」と言葉を足す。

「脅すという可能性はあるよね」

「ああ、それでチンピラがいたと」

なるほど、と桐生が感心した声を出す。

「でも命の危険を感じたら、さすがに警察を頼るのでは……？」

実際にヤクザに脅されたのであれば、警察に駆け込む可能性もある。それを考えなかったのかと、疑問を覚えていた僕に、またも真木が答えを与えてくれる。

「前例があるからじゃないか？　罪を被せられた上で、自殺に見せかけて殺されたという」

「海外不動産部長！」

そういうことか、と察すると同時にぞっとする。

「……自殺ではなく他殺だったんでしょうか」

「その疑いは濃いと、ずっと考えていたんだよね」

大門の言葉に、真木も桐生も頷いている。

「そもそも遠藤部長は、賄賂《わいろ》を贈ることに反対していたはずなんだ。責任者として逮捕されることは受け止めるが、真実を告げると、親しい友人には話していたと、以前聞いたことがある。そうした情報も今ではすべて闇に葬られてしまっているけどね」

「……そんな……ドラマみたいなことが……」

実際起こったのだろうか。罪を被せ会社を守るために人を殺す？　二時間サスペンスの世界ならともかく、現実社会でそんなことが本当に起こるのか。

「ともかく、明日《あした》、水野部長の動向を見守ろう。逮捕されたあとには、社長の周辺を洗うことになる。首謀か否かは別にして、かかわっていることは間違いないだろうから」

「確かに。娘婿への怒りがなければ、もっと『らしい』人間をスケープゴートに選んだでしょうからね」

なるほど、と納得する桐生の発言を聞き、僕はようやく理解することができた。

「しかし本当に人を殺しているとなると、素人には無理ですよね。義人の見たチンピラたちが実際手を汚したのかも」

「社長とヤクザとのかかわりも早急に調べてもらうよ。さすがに闇社会は僕らの手には負えないから」

大門はそう言ったあと、視線を僕へと向けてきた。

「あの？」

「宗正君、くれぐれも危ないことには首を突っ込まないようにね」

「はい。あの……」

なぜに僕を名指しに、と疑問を覚えはしたが、他の二人は言われなくても気をつけるからか、と気づき、なんとも言えない気持ちになった。

「違うよ？　君はチンピラと顔を合わせているからだよ？」

顔に出てしまったのか、大門がフォローとしか思えない言葉を告げてくる。

「ともかく、今日は解散としよう。明日は早めに来てくれるかな。多分、朝一のニュースで流れるだろうから」

「はい」

「わかりました」

真木と僕が返事をし、桐生が「うへえ」と顔を顰《しか》める。

「大門さん、泊めてもらえませんか？　朝、起きられる気がしない……」

「床で寝るならいいよ」

「せめてソファで」

「この間よだれ垂らされたからなあ」

「ちゃんと拭《ふ》いたじゃないですか」

大門と桐生が言い合いを始めたのに、つい、注目してしまっていた僕は、真木に、

「僕らは帰ろうか」

と声をかけられ、我に返った。

「はい。桐生さんは本当に泊まるんですかね？」

「どうだろうね」

苦笑した真木が、大門に「僕らは失礼しますね」と声をかけ、二人してマンションをあとにした。

「まだ電車はあるけど、タクシーで帰ろうか。ああ、その前に、食事はした？」

「そういえば食べてませんでした」

忘れていた、と告げると同時に、空腹が押し寄せてきて、ぐう、とお腹が鳴った。

「いいタイミング」

真木に笑われ、羞恥《しゅうち》が増す。

「……すみません」

「謝ることじゃない。この近くに遅くまでやっているスペインバルがあったな。そこに行こう。義人、パエリア好きだったもんな」

「！　ありがとうございます！」

好物を覚えてくれているのが本当に嬉《うれ》しい。僕もこうした気遣いを自然とできる人間になりたいと真木を見ているとよく思う。

本人には照れくさくて言えないのだが、真木こそが僕の目標なのだ。勿論《もちろん》デキが違うことはわかっているので、なれるはずもないのだが、目標にするくらいは許してもらいたい。って誰に許可を得ようとしているのか、僕は。

頭の中で一人で乗りツッコミをやってしまっているのは、真木とスペインバルに行くのが嬉しいからだった。しかしそんな浮かれた気分は、バルに到着し、一本だけ、とビールを飲み始めた直後、萎《しぼ》んでいくこととなった。

「義人、最近、落ち込んでないか?」

パエリアは時間がかかるということだったので、タパスでアヒージョやらタコのカルパッチョやらを頼んでくれた真木が、心配そうに問い掛けてきたとき、僕が最初に感じたのは、態度には出していないつもりだったのに、出てしまっていたなんて、という罪悪感だった。

「落ち込んでいるのではなく、いつまでも足手まとい状態なことを反省して、自分を鼓舞しているというか……」

正直、落ち込んではいる。だがここで『落ち込んでいます』と告げるのは、慰め待ちのようで気が引けたのだった。

迷惑をかけたくない。即戦力になりたい。入社して半年が過ぎているので、既に『即戦力』とはいえない状態かもしれないが、ともあれ、早く一人前になりたいのだ。

そのためには努力あるのみ。落ち込んでいる暇などない。自分を鼓舞しているというのは嘘ではないし、と答えた僕の目を真木がじっと見つめてくる。

「……あの……」

何を言われるのかと身構えてしまったのは、『嘘』までは言わないものの、自分の感情を少し盛って報告してしまったからだった。そんなことはお見通しだったのか、真木が溜《た》め息を漏らしたあとに口を開く。

「焦る必要はないよ。義人はよくやっている。僕は勿論、皆もそれは認めているから」

「ありがとうございます……」

気を遣わせてしまっている。そんなに落ち込んでいるように見えるのだろうか。反省しなければ、と俯《うつむ》いた僕の耳に、真木の少し躊躇《ためら》ったような声が響く。

「だからくれぐれも、無茶はしないようにしてくれ。義人を信頼していないわけじゃない。でも、行動を起こす前に必ず指示を仰いでほしいんだ」

「……それ、できてないってことですか？」

注意されるということはそういうことだ。しかし、指示に従わなかったことなど、今までに一度もない。

「違うよ。そういうことじゃない」

真木が慌てた顔になる。しまった、というような表情を見た瞬間、僕の中で何かが壊れた音がした。

「信用できないってことですか？　僕が半人前だから、功を焦って無茶をしようとしていると、先輩はそう判断したってことですか？」

そこまで信用がないなんて。確かに早く一人前になりたいと焦ってはいる。でもそれは皆に迷惑をかけたくないからで、命令違反を犯してまで手柄を立てたいとか、そんなふうには一度だって考えたことはなかった。

「違うと言ってるだろう？　義人のことは勿論信頼しているし信用もしているよ。ただ今回は暴力団が絡んでいると思われるし、とにかく危険だからいつも以上に気をつけてほしいと言っているんだよ」

「……わかりました」

真木の言葉は、フォローにしか聞こえなかった。だがそれを指摘しても当然『そうだ』とは言わないだろう。わかっているだけに僕は会話を切り上げることにした。ふて腐れているような態度は大人げないし、真木にも失礼だと思い、淡々と答えたつもりだったが、真木には不満を見抜かれたようだ。

「……わかったならよかったよ」

珍しく憮然《ぶぜん》としている彼がそう告げたとき、ちょうどパエリアが運ばれてきたため、会話はそこで途絶えた。

いつもなら二人で食べると、たとえたいしたことない料理でも格別に美味《おい》しく感じていたのだが、今日は大好物のパエリアだというのに少しも味がしなかった。

ほぼ無言のまま食べ終えると真木は、

「明日も早いから帰ろう」

と伝票を手に立ち上がった。

「……はい」

頷《うなず》き、彼のあとに続く。真木は奢《おご》ってくれようとした。少し出すと主張したのはいつものことだったが、そんなやりとりも今日はなんだかぎくしゃくしてしまった。

タクシーで寮に向かい、到着後はそれぞれの部屋に戻る。なんだか疲れてしまった、とベッドに横たわる僕の口からは深い溜め息が漏れていた。

真木は悪くない。当然のことを言っただけだ。悪いのは成長していない僕だ。当然それはわかっていたが、気持ちはどうにも収まらなかった。

八つ当たりだ。信用してもらえないのは自分のせいだ。半年も経つのになんの結果も出せていない。だから反省はすべきで、腹を立てるような立場ではない。

怒っている僕を見て、真木はきっと失望しただろうな、と呟《つぶや》いたとき、胸がズキリと痛んだ。

焦ってはいけない。下手な動きをすればそれこそ皆の迷惑になる。何も役に立てていないことだけでも心苦しいのに、迷惑までかけたらもう、三課にはいられなくなる。

僕はそれが怖いのかもしれない。

改めて自分の心理に気づき、ますます自己嫌悪に陥った。能力がなければ当然、異動になる。普通の会社員の仕事がどういうものなのか、僕にはわかっていないけれど、少なくとも総務三課の仕事は『普通』ではないことは理解している。

『普通』であれば体験できない仕事。『普通』以上の能力を求められている仕事をこなすことができなければ、いつまでもそのポジションに居続けることなどできるはずがない。なのに僕は意地汚く居座ろうとしている。

能力不足がわかっていながらにして。

「…………」

卑屈すぎる思考をする自分に、更なる自己嫌悪を覚え、僕は溜め息を漏らしそうになった。それも女々しく思え、敢《あ》えて勢い良く息を吐き出す。

自分をとびきり優秀と思ったことはない。だが、特別できないと感じたこともなかったのだと、今の今、気づいてしまった。とんだ思い上がりだ。自分を知れと猛省する。

これ以上ないほどの自己嫌悪に陥ってしまっていたが、落ち込んでいる場合ではない、となんとか気持ちを立て直そうと試みる。

今、自分が為《な》すべきこと、自分にできることを考えるのだ。皆の足を引っ張らない、これは必須《ひっす》だが、僕が今できることはなんだろう。

「……情報収集……」

それしかない。明日《あした》から事務用品の配布の際、今まで以上にアンテナを張り巡らせ、情報を集めよう。明日、水野部長が警察に逮捕されるのであれば、皆がそれを話題にするはずだ。水野に関し、今まで得られなかった情報を耳にできる可能性はある。

どんな些細《ささい》な噂でも、聞き逃すことはすまい。頑張るぞと拳《こぶし》を握り締めていた僕だったが、翌日、その拳を解かざるを得ない事態が待ち受けていようとは、まるで予測していなかった。

翌朝、出社した僕を待ち受けていたのは、大門の難しい顔だった。

「水野は警察からの要請で事情聴取のため出頭したが、まだ逮捕はされないようだ。よって社内の発表もない」

「変更になった理由はなんなんですか？」

真木は僕より少しあとに出社した。僕が彼を避けたのだ。大門の思いもかけない発言のせいで、なぜ避けたのかと問われることがなかったのはありがたいが、それにしても、と僕は珍しく動揺している大門の顔を見やってしまっていた。

今まで彼が動揺したところなど、見たことがあっただろうか。いや、ない。これは反語？と、無用なセルフツッコミをしてしまっていたことを反省し、大門の答えに耳を澄ませる。

「わからない。といえ、警察に呼ばれたのは事実だから、これから逮捕となるのかもしれないけどね」

大門はそう告げたあと、なぜか僕へと視線を向けてきた。

「……あの……？」

なんだろう、と問い掛けたときには、まさかそんなことを言われようとは思っていなかった。

「実は宗正君に人事から呼び出しが来るとのことだ。十五階での盗難について」

「はい？」

意味がわからず、問い返す。

「事務用品を配布しているついでに、君が盗難を働いたという密告が人事になされたそうだ。君宛に人事部長から呼び出しがかかると思う。なに、準備することは何もない。だって冤罪《えんざい》だからね」

「……ええ？　僕が……ですか？」

意外すぎて、状況が把握できない。なぜ、僕が犯人扱いされるに至ったのか。僕に恨みを持つ人間がいると、そういうことなんだろうか。

心当たりはまるでない。一体誰が？　知らないうちに誰かの恨みを買っていたんだろうか。それとも、何か疑わしい行動を取ってしまっていたのか。呆然《ぼうぜん》とするしかなかった僕の肩を、大門がぽんと叩《たた》く。

「一応、朱雀さん経由で人事には連絡をしておくよ。にしても、密告犯について、心当たりはない？　我々としては寝耳に水で驚いているんだが」

大門に問われても、心当たりなどあるはずがなかった。

「……ありません。すみません」

一体誰がなんのために僕が盗難の犯人だと密告したというのだろう。恨まれる覚えはまるでない。人間関係は良好を心がけるため、広く浅く、をモットーにしてきた。過分に思い入れを抱いている相手もいない。なのに一体、誰が僕を陥れようとしているのか。

果たしてその理由は、と考え込んでいた僕の耳に、敢えて作ったと思《おぼ》しき淡々とした口調で大門が喋《しゃべ》り出す。

「ともあれ、引き続き君を事務用品補充係にしておくのはマズいだろう。桐生君、暫《しばら》くお願いできるかな?」

「え?　あの……っ」

まさか変更になるのか、と驚いている暇はなかった。

「わかりました。やりますよ。ご命令とあらば従うしかないし」

やれやれ、と肩を竦《すく》め、桐生が承諾の返事をする。

「……すみません……」

頑張ろうと、拳を握り締めた翌日に、こんなことになるなんて。一体誰の仕業なのか、まるで心当たりがないことにも僕は落ち込んでいた。

当然ながら僕は犯人ではない。濡《ぬ》れ衣《ぎぬ》を着せようとしたのは、僕に対して悪意を抱いている人物である可能性が高いのに、そんな人物が一人として思い浮かばない。これは別に、自分は皆に好かれていると思っているわけではない。人からよく声をかけられるようにはなったが、だからといって自分が桐生のような『人気者』になれたと思ってはいなかった。僕が目指したのは『人畜無害』キャラだ。一応成功したと思っていたが、誰かに陥れられるほど嫌われているのだとしたら、全然『人畜無害』とは思われていないということだ。

自然と溜《た》め息を漏らしてしまっていた僕は、背後から肩を叩かれ、はっと我に返った。

「大丈夫か？」

振り返った視線の先には、真木の心配そうな顔がある。

「だ、大丈夫です。迷惑かけてすみません」

我ながら強張《こわば》った顔、強張った声音で答えてしまい、いたたまれなさを覚える。

「義人、ちょっといいか？」

さすがに真木も流せなかったようで、僕の腕を掴《つか》み、問い掛けてくる。どうしてそんな態度を取るのか、問い詰められるのかも、と身構えたそのとき、机上にある僕の電話が鳴った。

「すみません」

多分、人事部からだろう。他に心当たりがない、と僕は焦って電話に出た。

「はい、総務三課です」

『宗正君だね？　人事部の相葉《あいば》だ。今から人事部に来てもらえるか？　部屋は……』

人事部の相葉——確認するまでもなく、人事部長だ。まさか部長直々に電話をかけてくるなんて、と動揺しながらも、言われた会議室の番号をメモし、電話を切る。

「来たね」

皆、電話に聞き耳を立てているのはわかっていた。しかし相手の声は漏れ聞こえなかったらしく、僕が、

「相葉部長からでした」

と告げると、一様に驚いた表情となった。

「部長自ら？　チーム長でも驚くんだけど」

桐生が目を見開いている。大門も、そして真木も驚いているのを見て、そんなに特殊な状況なのかと遅まきながら僕は察することができたのだった。

「来いって？　用件は言った？」

大門の問いに僕は、いいえ、と首を横に振った。

「ただ、会議室に来るように、ということでした」

「やっていないことは確実だから、特に心配はしていないけど、可能なら密告者について聞き出してみてくれるかい？」

「あ……はい。頑張ります」

「頼んだよ」

大門があまり期待していないのは、表情からわかった。実際、聞ける気はしない。人事部長と一度だって会話したことはない上、新人にとっては、雲の上――はちょっと言

い過ぎかもしれないけれども、気易く会話などできようはずもない存在だ。

研修の最後に講話があったが、人当たりのよさそうな感じなのに目つきはやたらと鋭かったなと思い出す。あの目で見据えられたらまともに返事もできなかったりして。結果犯してもいない罪を認めてしまったらどうしよう。

我ながら情けないことを考えつつ、僕は、

「取り敢《あ》えず、いってきます」

と皆にそう告げ、部屋を出た。

荷物用エレベーターはいつ来るかわからないので、地下二階までは階段で行くことにする。上りながら僕はふと、真木を無視した形になったままだなと気づき、なんともいえない気持ちになった。

真木に対する自分の態度が悪すぎることを反省する。しかし、信頼されていないと思い知らされたのはやはりショックで、素直に謝ることができない。

そもそも、信頼されないのは自分に非があるというのに。溜め息を漏らしてしまっていた僕だが、これから人事部長と向かい合うのだから、と無理矢理思考を切り換えた。

緊張することはわかっている。気もそぞろな状態で対応できるような相手ではない。しかも用件は、盗難の濡れ衣についてだ。自分にとって不利益となる発言をしないよう、充分気をつける必要がある。

よし。気合いを入れ直したところでエレベーターが来たので乗り込み、人事部のフロアのボタンを押した。

人事部は高層階にある。エレベーターを降りたところには、三十代半ばの男性がなんと僕を待ち受けていた。

「人事課長の坂田《さかた》だ。部屋に案内するよ」

「も、申し訳ありません。ありがとうございます」

迎えが来るなんて聞いていなかった。動揺と緊張が高まってくるのがわかる。それを狙ったのだろうか。追い込んで罪を認めさせようとしているとか？　しかし僕は無実なのだ。案ずることはない。必死で自分に言い聞かせている時点で、相当追い詰められていると自覚しつつ、僕は坂田課長に続いて人事部のフロアを突っ切り、指定された会議室へと向かった。

人事部の人たちが皆、じろじろと僕を見る。僕が窃盗犯だという噂が既に部内に巡っているのだろうか。無実なのに！　ますます動揺してしまいながら、会議室に入る。

「失礼します」

十人席のある会議室の正面に、相葉人事部長が座っていた。

「早くから呼び出して悪いね」

笑顔でそう告げ、近くに座るよう指示してくる。

盗難事件の犯人として問い詰められるとのことだったが、調子が狂うなと思いながら僕が座ると、坂田課長が部長の隣に腰を下ろし、すぐに彼が口を開いた。

「君に来てもらったのは、十五階で起こった盗難事件に関してだ。君も知っているだろう?」

「……同期から聞きました。寮でも盗難事件があったので……」

何も案ずることはない。盗みなど働いていないのだから。正直に話せばいいだけだ。ただ、総務三課の任務については隠さなければならない。そこだけ気をつければいいのだ。落ち着け、落ち着け、と自分に言い聞かせながら僕は、坂田課長の質問に答えていった。

「寮での盗難については、犯人は明らかになった。十五階で勤務していた新入社員で、既に退職している。社内の盗難についても彼が犯人と思われていたが、本人はやっていないと主張していた。信用はされなかったけれどね。そのことも知っているかな?」

「噂としては……本人からは何も聞いてません」

これも事実だ。結局内田とは、彼が犯人とわかって以降は一言も会話を交わすことがないまま、彼は辞めてしまった。今頃彼は何を思ってどう過ごしているのか。留学はもうしているのかと、一瞬、内田へと思いを馳《は》せてしまったが、そんな場合ではないとすぐに思い知らされることとなった。

「実は人事部宛に、社内の盗難事件の犯人は君だという匿名の投書があったんだ。君は事務用品の補充という仕事で毎日各フロアを巡っているが、そのときに隙を見て盗難を働いているという。それで来てもらったというわけだ。君には君の言い分があるだろうから」

「……濡れ衣です。僕は人のお金を盗んだことなどありません」

はっきりと主張しなければ。それできっぱり言い切ったのだが、それを聞き、相葉部長も坂田課長も意外そうな表情となり顔を見合わせた。

何かしくじったのだろうか。ドキ、といやな感じで鼓動が高鳴る。

「驚かないんだね？　普通は泥棒と疑われたとしても、人事に呼ばれたにしても動揺しそうなものなのに、君は実に落ち着いている」

「それは……」

しまった。初めて聞いたという体でいなければいけなかったのだろうか。大門には何と言われたかを考え、特に口止めはされていなかったという結論を導き出す。

とはいえ、口止めなどせずとも当然黙っていると考えたと言われる可能性はありそうだった。しかし、動揺していない理由を言わなければますます疑われてしまう、と僕は焦って説明を始めた。

「課長に、人事部から呼び出しがあると聞いていたからです。無実であることを主張してくればいいと……」

「なんだ、大門君が教えていたのか」

「口止めをしておくべきでしたね」

相葉と坂田がひそひそと会話を交わす。その言いようだと、僕は犯人と思われているのだろうかと気づかされ、不快な気持ちが込み上げてきた。

「疚《やま》しいところがないから落ち着いているんです。僕は泥棒ではありません」

「我々も社員に犯人がいないことを望んでいるし、匿名の投書を信じて君を信じないというわけではない。ただ、投書があったからには、調査はしなければならない。そこはわかってもらえるね？」

坂田が冷静に問い掛けてくる。興奮したほうが負けだ。気分が悪かろうがなんだろうが、無実を主張するまでだと、僕は「はい」と頷《うなず》き、先程と同じ言葉を繰り返した。

「しかし犯人は僕ではありません。僕はやっていません」

「わかった。君はやってないんだね」

と、ここで相葉が笑顔で話しかけてくる。

「はい」

穏やかな口調に笑顔。逆に嫌な予感がするという僕の勘は当たった。

「ではなぜ、君が犯人などという投書が来たと思う？　何か心当たりはあるかな？」

「……ありません。人から恨みを買う覚えもないですし、どこの誰がそんなことを……あ」

ここで僕はもしや、とある可能性に気づき、問うてみることにした。

「投書というのはメールでしょうか。本当に誰からというのは特定できないんですか？」

メールで送られたものなら、どの端末から送られたのか特定できるのでは。少なくとも三条なら可能だろう。しかし建前上、『できない』と言われるかもしれない。その勘もまたあたってしまった。

「匿名を認めているのに、できるはずないじゃないか」

坂田にあっさり言われ、そうだよな、と俯《うつむ》くも、やはり心当たりはないと主張することにする。

「ともかく、犯人は僕ではありません。本当です」

「まあ、証拠もないからねえ」

坂田の言葉にカチンとくる。わざと怒らせようとしているのかもしれないが、社員を信用していないような発言はどうなのだと、つい彼を睨《にら》んでしまった。

「君の主張はわかった。もう退室していいよ」

と、相葉部長が口を開く。彼に言われ、僕はすぐさま席を立った。

「失礼します」

一礼し、部屋を出る。腹立たしいことこの上ない。一体誰が僕を犯人に仕立て上げようとしたのだろう。

それにこのことが噂になったら――皆から白い目で見られることを想像し、ぞっとする。

坂田課長は僕に対して疑いを持っているように見えた。相葉部長は疑わしいという態度こそとっていなかったが、『やっていない』という言葉を信じてくれたとはいえない気がする。

盗難と無関係の人間が犯人と名指しされることはないだろう。そう考えているのではないか。一体誰が僕を犯人だと密告したのだろう。

三条なら調べられるに違いない。密告した人間が犯人ということではないかと思う。自分の罪を隠したいから他に犯人を仕立て上げようとした。その相手が僕だった。それなら納得はできる。勿論《もちろん》許容はできないけれども。

ともかく、三条の力を借りよう。やってもいない盗難の罪を着せられた上に、人事の人間からも疑いの目を向けられ、僕の頭には血が上ってしまっていた。

冷静になるべきだという気持ちもどこかに置き忘れてしまったかのように、カッカきていた僕だったが、そんな僕を一瞬にして冷ましてくれるほどの衝撃がすぐ先の未来に待ち受けていたのだった。

7

地下三階では、真木以外の総務三課の面々が僕の帰りを待っていた。

「どうだった？」

「処分はさすがにくだらないよな？」

大門と桐生が次々質問を放ち、それに答える形で僕は、人事部長と課長との間でどのような会話が交わされたのかを説明した。

「それで、誰が僕を犯人と密告したのかを、三条さんに調べてもらえないかと思ったんですが……」

言いながら三条を見る。と、三条は淡々と状況を説明してくれた。

「匿名性を大事にしているみたいで、敢《あ》えてログは残さない設定になっているから苦労したけど、ようやくわかったわ」

「さすが！」

「ウチの会社が三条さんレベルのハッカーに狙われないことを祈るのみだよ」

桐生が感心し、大門が嘆くのを横目に三条は密告者の名を告げたのだが、次の瞬間、室内にいた彼女以外の人間は驚愕《きょうがく》することになったのだった。

「密告は檜山冴子のパソコンからなされているわ。彼女本人の手によるものかどうかまでは調査できないけど」

「檜山冴子……え？　檜山冴子さん⁇」

水野の愛人の彼女がなぜ？　今まで一度だって言葉を交わしたこともないのに？

そもそも僕が彼女の存在を知ったのは昨日だ。彼女も僕のことなど知らないのではないか。

「なんでまた彼女が……」

呆然《ぼうぜん》としていた僕の耳に大門の声が響く。

「三条君、密告メールが発信された時間はわかるかい？」

「午後九時すぎですね」

淡々と答えた三条が、ちらと僕を見る。

「……え？」

その視線の意味は、と戸惑いの声を上げた直後、僕はその『意味』に気づいてしまった。

「もしかして……僕が彼女を見張っていたことに、気づかれた……のでしょうか」

サーッと血の気が引いていくのを感じる。きっと僕の顔は青ざめているに違いなかった。

「その可能性はある……が、確定ではないから」

大門が笑顔で声をかけてくれたが、フォローにしか聞こえなかった。

どうしよう。

僕と檜山は面識がない。が、彼女のほうは僕を見知っていた。毎日各フロアを巡っているから覚えられていたとしても不思議はない。極秘にしている不倫相手との密会場所に、見知った社員が現れたら、彼女はどう感じただろう。

「すみません……本当に……申し訳ありません」

謝ったところで取り返しはつかないとはわかっている。それでも僕は頭を下げずにはいられなかった。

「だから、まだそうと決まったわけじゃない。それにもし、彼女が君に気づいて、盗難の濡《ぬ》れ衣《ぎぬ》を着せようとしたのであれば、彼女にはそうしなければならない理由があったということになる」

「理由……ですか……？」

気づかれたことが理由ではないのか。問う声は我ながら力ないものになった。

「ああ。普通に考えて、浮気相手との待ち合わせ場所で見知った社員を見かけたとして、その社員を陥れようとまでは思わないだろう？　いくら疚《やま》しくても、偶然来合わせただけかもしれない相手を泥棒として密告するのはいきすぎている。彼女がよほどエキセントリックな性格じゃない限りね」

「確かに……」

言われてみれば、と頷《うなず》いた僕に向かい、今度は桐生が話しかけてくる。

「檜山冴子がエキセントリックな人だという評判は聞いたことがないな。仕事も真面目にこなすし、後輩の面倒もよくみると評判はよかったよ。とはいえ水野の愛人になっていたというのは意外だったけど」

「水野の愛人ということをなんとしてでも隠したいと思っているとか？」

と、三条がぼそりと告げた言葉に、大門と桐生が頷く。

「自分の評判のためなのか、それとも水野の評判のためなのか。まあ、不倫を吹聴《ふいちょう》したい人間はいないだろうけれど」

「水野の不倫については噂になりつつあったんですよね。清掃の皆さんは見抜いていたし」

そう告げた桐生に大門が問う。

「相手についても最近噂になっていたんだよね？」

「はい。ホテルから出てきたところを見られたとか……とはいえごくごく内輪の、自動車六部の事務職の間でだけのようです。今のところは……。なんといっても社長の娘婿ですからね。おおっぴらには噂もできないんでしょう」

「まあ、そうなるよね」

大門が肩を竦《すく》める横で、三条がぼそりと呟《つぶや》く。

「でも、今回水野部長がスケープゴートにあがったということは、社長に気づかれたということですよね？」

「そういうことだね」

「あの、檜山さんが相手ということも知られてしまったんでしょうか」

ふと気になり聞いてみたが、答えを得られるとは思っていなかった。

「バレてるんじゃない？」

だが三条はあっさり答えてくれ、意外さから僕は思わず「え？」と声を上げてしまった。

「だって私だって探れたのよ。社長が会社のIT部隊を動かせば、即座に判明したはずよ」

「今までバレなかったのは？」

それなら、と問い掛けると、三条は肩を竦め、またもあっさり理由を答える。

「疑わしいことがあったから調べたんじゃない？　たとえば奥さんが気づいて父親に泣きついたとか」

「なるほど」

それはあるかもしれない。結果『クロ』だったから今回スケープゴートにされた。逆に、もし『クロ』と判明しなかったら、さすがにインサイダー取引の情報提供者に仕立て上げられることはなかっただろう。

はっきりした証拠があったとなれば、浮気相手が誰かということもわかってしまったに違いない。

「今日、檜山さんは……」

なんとなく胸騒ぎがして問い掛ける。と、またも三条が淡々と答えてくれた。

「有休を取ってるわ。体調不良ってことで」

「大丈夫でしょうか……」

水野と待ち合わせているホテルにいたチンピラたちの顔が頭に浮かぶ。彼らはなぜあの場にいたのか。水野とも檜山ともまったく関係なく、単なる偶然であればいい。だがもし、今回のインサイダー取引にかかわる理由であの場にいたのであれば、檜山の身の安全が心配になってくる。

「昨日のチンピラたちを気にしているのかい？」

何も言わずとも大門は僕の不安を正確に見抜いた上で、彼の考えを伝えてくれた。

「はい」

「逮捕されるのは水野部長だろうし、浮気相手の彼女の身に危険が迫る確率は低いかな。娘の夫の浮気相手にも制裁を——といったことにはならないんじゃないかと思う。娘可愛さに社長がヤクザの手を借りて……というのは、ドラマとしては面白いけど、あとあと面倒なことになりそうだし」

「でも」

と、ここでまた、三条がぼそりと言葉を発する。

「前の海外不動産部長の自殺も、ドラマ並の衝撃だったじゃないですか」

「警察の取り調べは相当キツいらしいよ。心が折れるくらいに」

桐生の言葉に大門が頷く。

「ああ。別の会社で贈賄容疑で取り調べを受けた経験のある人と話したことがあるけど、その人も自殺を考えるほどつらかったと言ってたよ」

「ドラマなら、自殺とみせかけた他殺というのもありそうだけど、さすがにそれは……」

ないと思いたい、と告げた桐生の顔は引き攣《つ》っていた。

「チンピラが気になりますよね」

三条は相変わらず淡々としていたが、彼女の声にもいつになく緊張が感じられる。

「また同じ事がおこらないといいけど」

「……それは……」

大門が何かを言いかけ、黙る。室内にはなんともいえない沈黙が暫《しば》し流れることとなった。

贈賄事件で、海外不動産部長はすべての罪を被《かぶ》って自殺をした。もしそれが自殺ではなかったら——？

自殺ではない、すなわち他殺。やはり殺人が行われたというのだろうか。

会社を守るために？　人を殺す？　まさか。しかし『まさか』ではなかったら——？

「とにかく」

呆然《ぼうぜん》としていた僕は、大門の声にはっと我に返った。

「インサイダー取引に関しては、一旦《いったん》捜査は保留となった。朱雀さんから再開の指示が出るまでは何もしないように。いいね？」

「わかりました」

桐生が返事をし、三条もまた、こくんと首を縦に振る。

「宗正君もわかったね？」

返事が遅れたからか、大門がわざわざ僕に確認を取ってきた。

「すみません、わかりました」

返事をすると大門は、よし、というように笑顔を見せた。

「檜山さんに関する調査も勿論《もちろん》中止だよ。君を陥れようとしていたし、気になるとは思うけど、かかわらないように」

「……わかりました」

実際、気になってはいた。理由のわからない悪意を向けられたのだから、気にならないはずはない。

しかし命令に背くわけにはいかない。それに正直、かかわる術《すべ》も持たないので、背くか背かない以前の話となる。

「暫くはこの部屋で事務作業をしてもらう。なに、疑いはすぐ晴れるよ。君の代わりに桐生君が配達しがてら、君が嫌がらせの投稿を受けたという噂を広めておくから」

「だ、大丈夫でしょうか。逆に疑いが広まったりは……」

桐生を信用していないわけではなく、自分を信用していないだけだった。今の段階では、僕が人事に呼び出されたことを知っているのは人事部の人間くらいで、それが盗難事件の犯人と疑われたためということは、おそらく人事部長と課長しか知らないのではないか。

ここで桐生がその話を広めてしまったら、僕が犯人と噂が回るのでは。『盗難などするはずがない』と思われるほど、自分に信用があるとは思えないからで、と、それを説明しようとした僕に、桐生が笑いかけてくる。

「大丈夫。上手《うま》くやるから。それに誰も義人が犯人だとは思わないよ。思いやりのあるいい子だって評判だし」

「……それは……」

本当なのだろうか。いや、桐生が気を遣ってくれただけな気がする。

「……ありがとうございます」

申し訳ないと言うと、更に気を遣われるとわかっていたので礼を言ったのだが、それでも桐生にはまた、気づかれてしまった。

「本当だから。まあ、実際、その目で見ないと納得できないんだろうけど」

桐生は肩を竦めてそう言うと、僕に何を言う隙も与えず、

「それじゃ、いってきます」

と部屋を出ていってしまった。

「あ……」

不快にさせてしまった。どうしよう。反省していた僕の肩を大門がぽんと叩《たた》く。

「さて、宗正君には当社役員のOBについて、勉強してもらおう。過去十年分、リストになっているから頭に叩き込むように」

「……わかりました」

悩む暇があれば頭を働かせろ。そんなことも言われないとできないなんて、と落ち込みが増したが、それを態度に出そうものなら、今度こそ見捨てられてしまうかもしれないと、僕は必死で堪《こら》えた。

デスクの上にはファイルが積まれている。

「参考になりそうな資料はメールでも送っておいたから」

三条が相変わらず淡々とした口調でそう言うのに、

「ありがとうございます」

と礼を言うも、彼女の視線が自分のパソコンの画面から動くことはなかった。いつものことなのに、今日は彼女にも見放されてしまったような気持ちになり、ますます落ち込んでしまう。

落ち込みは自分ができないことへの甘えだ。落ち込むのではなく、前向きに努力をすべきなのだ。自分に足りないのはなんなのか。足りない部分を補うにはどうしたらいいのか。考え学ぶしかない。

今、自分に必要なのは知識だ。幸いなことに何を学べばいいのか、大門が指示までしてくれている。

僕のデキが悪いから、そうも気を遣わせてしまうのだ。本当に申し訳ない――と自己嫌悪が込み上げてくるのから必死になって目を逸《そ》らす。

半年経っても使えないなんて。自分で自分がいやになる。そんな泣き言を言っている暇はない。その間に一人でも多くの役員OBの情報を頭に叩き込まねば。集中を心がけつつページを捲《めく》るが、目が滑るばかりでまったく内容が頭に入ってこない。なんとかしなければ、と焦るばかりの自分をとことん情けなく思いながらも、必死で意識を集中させようとしたが、正直、あまり上手《うま》くはいかないまま、時間は過ぎていった。

昼休みが始まる少し前に、大門宛に電話が入り、彼は執務室を出ていった。

「お昼、行っちゃっていいからね」

三条は毎日席で食べるので、僕に言われた言葉だとわかった。桐生は久々の事務用品の補充で、各フロアでおそらく捕まる時間が多かったのだろう。昼休みになっても戻ってくる様子はなく、僕は彼を待たず一人で食事をとることにした。正直、桐生と二人というのは少々、バツが悪かったのだ。

食堂に行く勇気はなかった。桐生は宣言どおり、僕に関する噂を広めているだろう。皆の好奇の目も怖かったし、それ以上に怖いのが悪意に満ちた眼差《まなざ》しだ。盗難の犯人として見られたら、と思うと勇気が挫《くじ》け、外で食べることにしたのだった。

近くのビルでは、社員と顔を合わせる確率が高い。神保町《じんぼうちょう》の外れまでいって、そこで食べようと心を決めた。

被害妄想だとわかっていても、社員らしき人の視線が気になる。それで俯《うつむ》いた状態で歩いていたのだが、スマホの画面を見ながら歩いている人と衝突しそうになり、慌てて視線を前へと向けた。

「……え……？」

途端に見知った顔が視界を過《よぎ》り、まさか、とその人物を目で追う。

今、信号が変わる直前で横断歩道を駆けながら渡っていったのはおそらく――檜山冴子だった。

彼女は今日、体調不良で休んでいるのではなかったか？　なのにこんなところにいるなんて。あ、もしかして体調がよくなったから出社したとか？

にしては、彼女が今、向かっているのは地下鉄の入口のようだ。階段を下りていくその姿を見たときなんだか胸騒ぎがして、ちょうど信号が変わったのを機に僕もまた横断歩道を渡っていた。

彼女は何を焦っていたのだろう。誰かを追っていたのだろうか。ちらと見えた横顔は酷《ひど》く思い詰めているようだった。階段を下りきったものの、目の前の改札を入ったのか、それとも他の路線に向かったのかがわからない。もし、この改札を入り、ホームで見つけられなかったら諦《あきら》めよう、と心を決め、改札を潜《くぐ》った。

新宿《しんじゅく》方面に向かうホームに降り立ったとき、ちょうど到着した地下鉄のドアが開いたところで、運良く檜山の後ろ姿を見つけることができた。どうしよう、と一瞬迷ったが、見逃してはならない気がして、僕もまた同じ地下鉄に乗り込んだ。

車内は適度に混んでいた。檜山は一つ前の車両に乗ったので、前の車両が見えるところまで移動し、扉のガラス越しに姿を捜す。

「………」

意外に近いところに檜山はいた。焦ったが彼女が僕とは別のほうを向いていてくれて助かった。彼女の視線の先には誰かがいるのか？　彼女の行く先は？

見守るしかない。彼女が降りる素振りをしたら自分も地下鉄を降りよう。そして行き先を突き止める。

とはいえ尾行なんて僕にできるだろうか。彼女は僕の顔を知っている可能性が高いのだ。彼女も誰かを尾行しているのだろうか。そう思ったのは、彼女もまた僕のように、一点を見つめていたからだった。

誰を追っているのかを知りたいが、さすがに隣の車両からは無理だった。少しでも目を離すと、檜山を見失いそうで、皆に連絡もできない。

かかわらないようにと言われていたのに、あとを追うのは命令違反となるかもしれない。だが、嫌な予感がするのだ。それに接触を試みているわけではない。気づかれないように尾行しているだけだ。『だけ』じゃないだろうが、という桐生のツッコミが聞こえた気がしたが、幻聴とわかっているので無視をする。

昨日、ヤクザめいた男たちがいた場所に、檜山もいた。彼らが檜山に危害を加えようとしている可能性はあるのではないか。だとすれば彼女の身の安全を守るべきなのでは。自分にそれができるかはわからない。腕力には自信がないが、だからといって見過ごすわけにはいかない。

彼女の様子に違和感を覚えなければ、あとを追うこともなかった。自分の勘違いだといい。とにかく行方を突き止めよう。自宅に戻る等、問題がなさそうだったらそのままスルーしよう。何か起こったら即、皆に連絡を入れよう。

心を決めたところで次の駅に到着する。檜山が降りる様子はなかった。発車ベルが鳴り終わるまでの間、緊張して彼女を見守っていたが、ドアが閉まると同時に脱力し、溜《た》め息を漏らしそうになった。

一時も目を離すことが躊躇《ためら》われる。尾行って本当に大変だと実感する。僕以外の総務三課の皆は、きっと軽くこなすのだろう。僕もときが経てばできるようになるのだろうか。

素養がないのでは、と、実際尾行をしてみて感じてしまう。溜め息を漏らしそうになったが、落ち込んでいる暇はない、と気を引き締め、彼女の姿を凝視した。

檜山が動きを見せたのは、地下鉄が新宿に到着したときだった。はっとした様子で動き出したところを見るとやはり彼女も誰かを密《ひそ》かに追っているのではないかと思えてきた。

一体誰を尾行しているのか。答えを得るにはまず、僕が彼女を見失わないことだ。かつ、彼女に尾行を気づかれないことだ。

幸い、檜山の注意は前方に向いていて、周囲を気遣う余裕はなさそうだった。おかげで僕の尾行が気づかれることはなかったのだが、彼女が誰を追っているかはなかなか判明しなかった。

東口を出たあと、どうやら彼女は歌舞伎町《かぶきちょう》に向かっているらしいとわかった。人混みに紛れそうになる彼女の後ろ姿を必死で追ううち、だんだんと人気《ひとけ》の無い路地に向かっていくことになった。

繁華街を通り抜けてしまったせいで、身を隠すことができなくなった。檜山の視線は相変わらず前に向いているが、いつ振り返るともかぎらない。緊張しながらあとをつけていたが、どうやら彼女が追っているのはスーツを着たサラリーマンらしいとわかってきた。

距離がありすぎるのと、後ろ姿では誰と特定できない。だがなんとなく見覚えがあるような、と目を凝らそうとしたとき、思いもかけないことが目の前で起こった。なんと、檜山の前に数人のチンピラ風の男たちが立ち塞《ふさ》がったのだ。

「え？」

何が起こっているのか咄嗟《とっさ》には判断がつかなかった。が、チンピラたちの目的が檜山の拉致《らち》と気づいては、駆け出さずにはいられなかった。

「おい！　何をしている！」

大きな声を上げ、注意を引く。他人に拉致の現場を見られたら、チンピラたちは動揺するだろうという僕の読みは当たった。

ぎょっとした顔になった彼らを追い払うべく、更に怒鳴る。

「警察を呼ぶぞ！」

ポケットから取り出したスマートフォンをかざしてみせる。と、チンピラは顔を見合わせたあと、駆け去るどころか一人が僕へと向かってきた。はっとした僕の耳に、檜山の声が響く。

「逃げて！　宗正君！」

僕の名前を知っていることに驚くより前に、チンピラに腕を摑《つか》まれていた。

「お前も仲間か！」

「えっ？」

仲間とは？　意味がわからないと思ったときには、チンピラの手刀が僕の首に打ち込まれていた。

痛みを覚えた次の瞬間、今度は鳩尾《みぞおち》に拳《こぶし》が打ち込まれる。途端に目の前が暗くなり、そのまま僕は意識を失ってしまったようだった。


「う……」

首が痛い。腹も痛い。そして腕も——不自然に後ろに回されている腕の、両手首が縛られていることに気づくと同時に僕は目を覚ました。

後ろ手に縛られているだけでなく、足首も縄で縛られていることがわかり、動揺しながらもなんとか身体を起こそうとしたとき、いきなり肩を蹴《け》られ、ぎょっとして僕は首を回して相手を見ようとした。

「うるせえよ。黙っとけ」

僕を睨《にら》み下ろしてきたのは、先程見たチンピラの一人だった。

「……っ」

彼が立つ後ろに、見覚えのあるブラウスとスカートを身につけた女性が倒れているのが見え、息を呑《の》む。

やはり後ろ手に縛られている彼女は檜山に違いなかった。顔は向こうを向いていて見えないが、身動きを取らないところをみると意識を失っているようである。

一体ここはどこなんだ。室内にいるのはチンピラと僕、それに檜山の三人のようだ。薄暗い室内の様子から、開店前のスナックかバーに見える。カウンターもあるし、ボックス席もあるが、僕と檜山はボックス席とカウンターの間の床に転がされていた。埃《ほこり》っぽいし、カウンターの上には資源ゴミ用の黄色のコンテナが置かれ、中には空の酒瓶が入っているようである。

潰《つぶ》れたスナックなのだろうか。歌舞伎町の繁華街からは少し離れたところで拉致されたが、ここはその近くなのか。

誰が僕と檜山を拉致したのか。その理由は？

まるで心当たりはない。しかし聞ける雰囲気ではない、と、舌打ちして離れていったチンピラを見やる。

「こっちはまだ、目を覚ましてないようだな」

檜山のところまで歩いていき、屈《かが》み込んで顔を見ている。

彼女と一緒に拉致されたのはわかる。しかし目的はなんなのか。僕の頭にふと、このチンピラたちはもしかして、檜山が水野部長と待ち合わせていたホテルにいた奴らなのではないかという考えが浮かんだ。

「！」

と同時に、檜山が追っていたと思われるスーツ姿の中年男性は、水野部長ではなかったかと気づいたのだった。

檜山は水野を追っていた。そして今、チンピラの手に落ちている。水野の仕業か？それとも水野もまた、拉致されたのだろうか。

少なくともここにいるのは檜山と自分だ。水野はいない。水野はなぜ新宿になど向かっていたのか。警察の取り調べを受けているという話を聞いた気がするが、解放されたのだろうか。

何から何までわからない。

「う……」

と、女性の呻《うめ》く声が背後から聞こえた。檜山の意識が戻ったのだろうか。首を後ろに回して姿を見ようとした僕の目に、チンピラが膝《ひざ》を突き、彼女の顔を見下ろすさまが飛び込んでくる。

「おい、お嬢さんよ。あんた、なんで水野のあとをつけたんだ？　奴からどこまで聞いてる？」

チンピラが凄《すご》んでみせる。聞かれているのは自分ではないのに、恐怖心を煽《あお》られていた僕の耳に、檜山の細い声が聞こえてきた。

「……あとをつけていたわけではありません」

「つけてただろうが」

「何も知りません」

「ふざけんなよ。てめえ、自分の状況がわかってないみたいだな」

チンピラの声に怒りが籠《こ》もったのがわかる。どうしよう。なんとかしたいが、彼女を救う術《すべ》がない。起き上がることもできずにいるが、だからといって何もしないでいることはできず、勇気を振り絞って僕は声を上げたのだった。

「あ、あの」

「なんだ、てめえ」

チンピラの注意が僕に逸《そ》れる。それが目的でもあったのだが、実際彼が歩み寄ってくると、身体がガタガタと震え始めた。

殴られる覚悟はできている。蹴られるのもだ。ナイフで刺されるかもしれない。ヤクザといえば指詰め。小指を失うことになるかも、といやな想像ばかり頭に広がってくるのを止めることができない。

これじゃダメだ。勇気を出すのだ。必死で僕は自身を奮い立たせると、チンピラに向かい口を開いた。

「あ、あの、なぜ、僕やその人をこんな目に遭わせるのですか？」

「うるせえ。てめえらこそ、なんでウチの事務所の周りをうろうろしていやがった？」

逆に問い返され、腹を蹴られる。

「うっ」

今までの人生で僕は、人から暴力を振るわれた経験がなかった。友達と喧嘩《けんか》くらいはしたが、一方的に殴られたり蹴られたりしたことは一度もない。

平和な人生を送ってきたことを改めて自覚し──ているような場合ではなく、再度蹴りを入れてくる男の靴先が腹にめり込む痛みに息を詰める。

「やめてください！　その人は関係ありません！」

檜山が悲鳴のような声を上げる。庇《かば》ってくれるのか。でもそのせいで今度は彼女が暴力を振るわれたら、と僕は、彼女のほうへと行きかけているチンピラの背に向かい叫んだ。

「ここはどこなんですか？　ウチの事務所って、どこの事務所ですか？」

「ああ、もう、うるせえんだよっ」

チンピラが振り返り、僕のほうへと戻ってくる。またきっと蹴られる。それは覚悟していたが、蹴られているだけでは自分も彼女もここから逃げることはできない。どうすればいいのか。外に連絡をとる術は？　やはり皆に連絡を入れるべきだった。檜山の姿を見逃さないようにしようと、それにいっぱいいっぱいで、スマートフォンに視線を向けることを恐れた結果、救いの手を望んでも得られない状態に陥ってしまった。

「いい加減にさらせや」

言いながら男が僕の腹を蹴ろうとする。と、そのとき、携帯の着信音が室内に響いた。

「おっと」

男のスマートフォンへの着信だったようで、男が足を下ろし、ポケットからスマホを取り出す。

「あ、はい。わかりました。女だけでいいですか？　はい。はい。それじゃ」

通話は短かった。電話を切るとチンピラは僕に背を向け、檜山のほうへと向かっていく。

「きゃあっ」

悲鳴が上がったのは、チンピラが檜山を肩に担いだからだった。

「下ろして！　やめて！」

「静かにしてろや」

ガタイのいいチンピラは、彼女がいくら暴れても少しも動じず、そのままドアから出ていこうとする。

「どこにつれていくんだっ」

檜山の身に危険が迫っているのは間違いなかった。一体どこにつれていくつもりなのかと声を張り上げたが、チンピラは僕を振り返ろうともしなかった。

「檜山さん！」

呼びかけに対し、檜山は、

「助けてっ」

と叫ぶ。僕だって助けたいが、なんとか身体を起こしたときには既にドアは閉まっていた。

とにかく、逃げよう。しかしどうやって？　縄を解くことはできないだろうか。そんなにきつく縛られているようではないし、と腕を必死で動かすうちに、結び目が緩んできた。室内に誰もいないのが僕にとっては幸運で、上腕がだるくなるのを堪《こら》えて必死で結び目を緩め、やっと右手を縄から引き抜くことができたとき、達成感を覚えた僕は思わず「やった」と声を上げそうになり、慌てて堪えた。耳を澄ませるも、部屋の外の様子はわからない。見張りがいるかもしれないので、できるだけ音を立てぬようにして足首の縄も解いて立ち上がり、そろそろとドアへと近づいていく。

ドアに鍵《かぎ》はかかっているだろうか。そしてここは何階なのか。場所は拉致《らち》されたところから距離はそう離れていないのか。ともかく外に出ることを試みるしかない。そして助けを呼ぶ。そうだ、と今更僕は、今助けを呼べばいいのではという当たり前のことに気づいた。

しかしスマートフォンを求めてポケットを探るも、入っているはずのところから消えていた。財布も社員証やＳｕｉｃａもない。

「…………」

とにかく、外に出よう。通行人に助けを求める、または、近くの店に駆け込む。電話ボックスがあったら飛び込む。確か緊急電話はボタン一つでかけられるのではなかったか。

外に見張りがいないことを祈ろう。それ以前に鍵がかかっていないことも、と思いながら僕は意を決し、ドアノブを握った。

ゆっくり回すと、カチャ、という音がし、ドアが開く。

「お？」

人がいる。声がしたとわかったと同時に僕は、こうなったらいくしかないと気持ちを固め、勢いよくドアを開いた。

「てめえ！」

外には先程とは違うチンピラがいた。が、一人だ。そして幸いなことに開いたドアによって今は壁との間に挟まっている。この隙に、と僕は目の前の階段へと走ったのだった。

『2階／1階』という表示を頼りに階段を駆け下りると外に通じるドアがあった。店が何軒か入っている雑居ビルだったようだ。出入り口に人がいなくて本当によかった、とドアを開いて駆け出す。

「待ちやがれ！」

階段を物凄《ものすご》い勢いで駆け下りてくる男の足音が怒声と共に響いてくる。すぐに追いつかれるのはわかっていた。が、逃げるしかない。

路上に出たがここがどこだかわからない。ビルばかりで店もない。とにかく走れ、と闇雲に駆け出そうとした僕の耳にクラクションの音が響いた。

「義人！」

幻聴か？　先輩の声が聞こえるなんて、と振り返りかけたのと、車が物凄い勢いで横付けされたのが同時だった。

「乗って！」

後部シートのドアを開けてくれているのは真木だった。

夢か？　現実にしては都合がよすぎる、と呆然《ぼうぜん》としてしまっていた僕の腕を真木が摑《つか》んで引っ張る。

「乗れって！」

「は、はい」

引き摺《ず》り込まれるようにして乗り込んだときに背後で響いていたチンピラの怒声は、ドアを閉め、車が走り出すと聞こえなくなった。

「大丈夫か？」

真木が心配そうに僕の顔を覗《のぞ》き込む。

「一体何があった？」

「あ、あの……っ」

運転しているのは桐生だった。車には桐生と真木、そして僕の三人が乗っている。どうして二人がこの場にいるのかわからない。が、それを聞くより前に知らせねば、と僕は慌てて叫んだ。

「檜山さんが！　拉致されてます！」

「なんだって⁉」

「檜山さんが？」

真木と桐生の声が車内に響く。

「早く助けないと……っ。ヤクザにつれて行かれたんですっ！」

彼女の身の安全をまず確保せねば。焦る僕の横で真木はすぐさまスマートフォンを取り出し、かけはじめる。

「大門さん、緊急事態です。警察に通報するべきかと」

理路整然と状況を説明すると真木はすぐに電話を切り、今度は一一〇番通報を行う。

「若い女性が暴力団員に拉致されています。住所は新宿区……」

警察への通報も冷静沈着で、僕は隣で呆然としているしかなかった。

電話を切った真木が、そんな僕へと改めて問い掛けてくる。

「さあ、何があったか、説明するんだ」

「……はい」

真木の目には怒りの焔《ほむら》が立ち上っている。こんなに怒っている彼を見たことはなかった。だが怒られて当然なのだ。深い反省を胸に僕は、これまでの出来事を一つのこらず説明するべく、必死で言葉を繋《つな》げていったのだった。

8

車はそのまま会社へと向かい、社の前で真木と僕は降りることになった。桐生が会社の近くのコインパーキングに車を停めにいってくれるという。

「……すみませんでした」

桐生にも謝罪を、と頭を下げたが、桐生は無言のまま首を横に振っただけだった。それでも少し微笑んでくれたのは彼の優しさに違いない。

すべて説明し終えたあと、真木に対しても、

「本当に申し訳ありませんでした」

と頭を下げたが、それに対する言葉はなかった。謝ってすむことではないとわかるだけに僕は、それ以上許しを請うことはせず、黙ったままでいた。

地下三階に戻ると、三条だけがデスクに座っていた。

「申し訳ありませんでした」

謝ってすむことではないが、だからといって謝罪をしなくていいということではない。本当に申し訳ないことをしたと思っている。それだけは伝えたいと僕は彼女にも頭を下

げた。

「会議室に課長と朱雀さんがいるから」

三条もまた、謝罪に対してはなんの返事もしなかった。わかってはいたが、皆からの無視は精神的に応《こた》えた。しかしそんな甘えを口は勿論《もちろん》、態度に出すことはできないと、僕は、

「ありがとうございます」

と礼を言い、既に入口のキャビネットへと向かっている真木のあとを追った。

少し飛び出しているファイルを押して会議室への扉を開く。

「お疲れ」

皆、厳しい顔で僕に接するのに、唯一笑顔を向けてくれたのは、社外取締役の朱雀だった。この『総務三課』の創設者にして裏ボスである。

「申し訳ありませんでした」

朱雀と、そして彼の隣にいた大門に深く頭を下げる。

「警察が檜山冴子さんを無事に保護したとさっき連絡があったよ」

朱雀が相変わらず笑顔のまま、そう教えてくれる。

「！　よかったです……！」

ヤクザにつれていかれた彼女の身を案じていただけに、無事とわかってほっとした、と思わず声が弾む。が、続いて朱雀が告げた言葉を聞き、今度は驚愕《きょうがく》の声を上げてしま

ったのだった。

「檜山さんだけじゃなく、水野部長も保護された」

「水野部長が!?　あ！」

檜山は水野のあとを追っていたというようなことをチンピラは言っていた。やはりあの見覚えがある後ろ姿は水野だったのか、と思い返していたところに、背後で入口が開く音がし、桐生が入ってくる。

「すみません、遅れました」

「いや、これからだから。皆、座って」

朱雀が笑顔で場を仕切る。どんな顔をしていればいいのかまったくわからなかったが、座らないわけにはいかず、真木の隣に腰を下ろす。

「これから、ウチは大変なことになる」

と、それまで笑みを浮かべていた朱雀の表情が一変し、抑えた溜《た》め息を吐く。悩ましげな顔となった彼の説明が始まった。

「水野部長と檜山さんは広域暴力団の手により拉致《らち》されていた。即《すなわ》ち、会社の人間と暴力団との間に癒着があったことが世間に知られるところとなった。『会社の人間』が誰かということはすぐに特定され、逮捕もされるだろう。なんといっても殺人未遂だから」

「さ、殺人!?」

身の危険は感じていた。拉致されたのだから当然だ。しかし改めて『殺人』と言葉にされると、そこまでの危機感を覚えていなかったことを、僕は今更自覚させられていた。皆の怒りの意味が今ならはっきりわかる。下手をすれば死ぬかもしれなかっただなんて、僕はまるで考えていなかった。

以前亡くなった海外不動産部長の死は果たして本当に『自殺』なのかという疑いがあると、ついこの間話したばかりなのに。

ドラマの世界で起こりそうなことであって、現実では起こり得ないと、頭のどこかで考えていたのかもしれない。

気づいたときには僕は一人俯《うつむ》き、震えてきてしまった身体を抱き締めていた。

「さて、宗正君がことの重大さを自覚したところで」

と、大門がちらと僕を見やったあとに口を開く。

「本人の口から何があったか説明を聞こう。どうせ一度話しているだろうから、頭の整理もできているだろう？」

真木から話を聞かれたことを見抜いた上でそう指示を出してくる。そうか。ああして話をさせたのは、朱雀や大門に報告するとき、無駄を省き整理できた状態にするためだったのか、と納得してしまいながら僕は、

「はい」

と頷《うなず》き、話を始めた。

言い訳めいた感じにならないように気をつけつつ、昼休みに切羽詰まった様子の檜山

を見かけ、あとを追うことにしたこと、尾行に慣れておらず、檜山から目を離すことができなかったため、連絡が後回しになったこと、どうやら檜山が誰かを尾行しているようだと気づいたが、それが誰かまでは把握していなかったこと、歌舞伎町を過ぎ、人通りがなくなったところで檜山がチンピラに拉致されそうになったこと、警察を呼ぶと言って彼女を救おうとしたが、できなかったばかりか自分も拉致されたこと――意識を取り戻したあと、チンピラに殴られたこと、檜山がつれていかれたあと、一人にされたのでなんとか縄を解いて逃げ出したところ、真木と桐生に救出されたことまでを、時系列に沿って細かく説明することができた。

これも真木のおかげだ。僕に対して怒りを覚えながらも気遣ってくれた彼に感謝するが、感謝の念を伝えることはもうできないかもしれない。僕の言葉に耳を傾けてはくれないだろうから、と思うと胸が痛んだが、誰のせいでもない、自分のせいだと唇を噛《か》む。

「報告はしてほしかったけれど、ある意味、お手柄ではあるよね。警察は水野の行方を見失っていたところだったし」

と、朱雀が相変わらず明るい声でそう言ってきたのを聞いて、驚きから僕は顔を上げた。

「そうなんですか？」

「ああ。取り調べのあと一応尾行をつけたが、水野はそれを撒《ま》いたんだそうだよ。事情はわからないけどね。もし、君が檜山さんを追っていなかったら、水野部長も檜山さんも、今頃命を失っていたかもね」

「……よかった……です」

人の命を救えたのなら。しかしやり方は間違っていたけれども。やはり連絡を入れるべきだった。あのときはいっぱいいっぱいで余裕の欠片《かけら》もなかったけれど、地下鉄に乗っているとき、駅と駅の間なら、メールくらいは打つことができたはずだ。

そうしていれば暴力団に捕まらずにすんだかもしれない。僕はともかく、檜山に怖い思いをさせることもなかったかも、と思うともう反省しかない、と項垂《うなだ》れる。

『助けてっ』

彼女の悲鳴が耳に蘇《よみがえ》る。無事に保護されて本当によかった、と心から安堵《あんど》したが、ふと、連絡をしないでいたのになぜ、真木と桐生は僕の居場所がわかったのだろうという疑問を今更持った。とはいえ聞けるような感じではないか、と密《ひそ》かに真木を窺《うかが》う。と、僕の疑問に気づいたらしく、大門が説明をしてくれた。

「昼休みが終わっても君が戻って来ないから、君に渡してある総務三課のスマートフォンのGPSを辿《たど》ったんだよ。因《ちな》みに今それは警察にある。君を襲ったチンピラが、君から奪ったあと自分のポケットに入れ、その状態でその男が逮捕されたようだから」

「そうだったんですね……」

GPSか。納得していた僕に桐生が声をかける。

「電源を切られなかったのは幸運なんだからな。位置情報を辿らせまいと、他の場所に捨てられる可能性だって充分あったんだ」

「……はい……肝に銘じます」

桐生にいつものふざけた感じはなかった。やはり彼も怒っている。怒られて当然なので僕は彼に対しても、本当に真剣に受け止めているということだけはわかってほしいと願いつつ、深く頭を下げた。

「よし、話の整理はついた。ここからは警察にどう説明をするかを打ち合わせよう」

パンッと両手を叩《たた》き、大門が笑顔でそう告げる。

「警察……あ」

そうだ。チンピラたちからも、そして何より檜山の口から、僕の名前が出るだろう。なぜ僕が彼女を追いかけたのか。それを説明する必要があるが、正直に言えば総務三課の裏の役割も明かさねばならなくなる。それを避けるにはどう説明をすればいいのか、捻《ひね》り出さねばならない。

どうして僕は檜山を追いかけたのか。偶然通りかかった、はさすがに無理だろう。

「檜山さんはおそらく、水野との待ち合わせ場所のホテルで君を見かけているはずだよね。だからこそ、君を盗難の犯人と密告したんだから」

大門の指摘に、そうだ、それもあった、と気づかされる。

「檜山さんに好意を抱いていたというのが一番『らしい』んじゃない？」

と、ここで桐生が僕に話を振ってきた。先程までとは違う、いつもの口調に、戸惑ったせいで返事が遅れる。

「え？　あ……」

彼女に好意。少しも縁のない感情だったので違和感は半端なかったが、言われてみればそれが誰もが納得できる状況かもしれない、と僕も思い、頷いた。

「そうですね。好きだから様子がおかしいことに気づき、心配になってあとを追ったと言えば少しも不自然じゃないですね」

「ホテルで見かけたのは『偶然』としておいたほうがいいんじゃないか？　ストーカー扱いされないためにも」

今度は真木が話を振ってくる。彼の口調も態度も怒りを感じさせないいつものもので、やはり戸惑ってしまいながらも僕は、

「そうですね」

確かに、と彼の言ったことにも納得し、頷いた。

「ホテルでは僕と待ち合わせをしていたことにしよう。あのホテルの近くで約束だったのを、僕がドタキャンしたと。義人はそこで偶然、『好きな』檜山さんを見かけて、つい注目してしまった。声をかける勇気がなく、彼女がいなくなるまで見守ってしまった――というのでどうかな？」

「あ……はい。わかりました。そう説明します」

いつもの優しい真木が目の前にいる。もう怒ってないのだろうか。いや、怒っている

けれど、打ち合わせを円滑に進めるために真木も桐生も通常モードに戻っただけなんじゃないか。

まだ僕には総務三課での『仕事』が残っている。警察に事情を説明することだ。これも僕の不注意が招いたもので、本来ならする必要がない『仕事』だ。

役に立ちたいと願っていたのに、結果としては迷惑しかかけていない。警察から帰ってきたらもう、総務三課に僕の席はないかもしれない。その可能性は高い、と溜《た》め息をつきそうになり、慌てて堪《こら》える。

すべて自分のせいだ。それに今は落ち込んでいる場合ではない。警察で説明するという、僕にとっては荷が重いといっていい仕事が残っているのだから。

よし、と拳《こぶし》を握り締めた僕をちらと見て、大門が問いかけてくる。

「準備はいい？　説明してみて」

「はい」

頷くと僕は、刑事を目の前にしているというシミュレーションをしつつ、口を開いた。

「檜山さんの様子がおかしいことに気づいて、心配になりあとを追いました。前日、偶然見かけたときも思い詰めているようだったので……声をかける勇気はなかったのですが、どうやら彼女が誰かを尾行しているのではと気づき、ますます心配になって見守ることにしたのですが、そこにチンピラが現れたので助けようとして逆に僕までつかまってしまいました」

「昼休みが終わっても帰ってこない後輩を心配して社用スマホの位置情報を辿ったら新宿にいるので、何をしているんだと様子を見に行った……というのでいいですかね、俺は」

桐生が大門に問い掛ける。

「うん。それでひとまず会社に戻ってきたが、『大好きな』檜山さんのことが心配になって警察に出頭、彼女の行方を聞こうとした。これでいこう」

大門はそう言うと、僕に向かってウインクをして寄越《よこ》した。

「は、はい」

一連の説明を頭に叩き込む。

「ゆっくりしている暇はない。桐生君、付き添ってやってくれる？」

「わかりました。行くぞ、義人」

桐生もまた笑顔を向けてくれる。笑ってもらえるような立場にはないのに、と申し訳なく思いながら僕は、

「はい。ありがとうございます」

と返事と礼を言い、彼のあとに続いて秘密の会議室を出た。

「ほんと、無事でよかったよ」

駐車場まで歩きながら、桐生がしみじみとそう言い、僕を見た。

「……申し訳……」

「謝らなくていい。もう充分謝罪の言葉は聞いたし、謝罪されたところで今回は誰も『いいよ』とは言えないからね」

桐生の言葉に、はっとし、僕はつい足を止めてしまった。が、すぐ、立ち止まっている場合じゃない、と歩き出す。

許してほしくて謝っていたわけではない。が、謝罪を受ける側としたらどうだろう。考えが足りなかった、と猛省していた僕は桐生に肩を叩かれ、はっとして彼を見た。

「誤解しないように言っておくけど、許す許さないの問題じゃないってことだからね。義人は今回のことを反省し、二度と同じ過ちを繰り返さないこと。それを肝に銘じてくれればいい。僕らに許されるためじゃなく、君自身の身の安全のために。わかるかな？」

「……はい」

桐生の噛《か》んで含めるような口調での説明に、胸が熱くなった。またも謝罪をしかけ、いらないと言われたじゃないかと堪える。が、どうしても自分の気持ちを伝えたくて、言わなくてもいいことを告げていた。

「……でも、桐生さんにも皆さんにも迷惑をかけたことはやはり謝りたかったんです。許してほしくて謝っているわけではなく、本当に申し訳なかったと思っているので……」

「迷惑はかかってない。心配はしたけど。真木なんて顔面蒼白《そうはく》になってたよ。あんなに動揺しているところを見たことなかったくらい。この付き添いの役もさぞやりたかっただろうけど、いかんせん、表向き彼の所属は総務三課じゃないから。今日、彼は体調不良で午後半休をとっていることになってるよ」

「そう……なんですか」

真木がそうも心配してくれていたなんて。本当に申し訳なかった、とまたも謝罪の思いが胸に溢《あふ》れ、泣きそうになる。

「さあ、まずは警察を片付けてしまおう。そこで俺らの仕事はひとまず終了となるはずだから」

「……はい……！」

桐生に促され、大きく頷《うなず》く。迷惑はかかっていないというのは桐生の優しさだろう。これ以上、迷惑をかけるものかと心に決めると僕は、刑事に何を聞かれても矛盾を感じさせないようにと、頭の中で警察でのあらゆる想定問答を考え続けたのだった。


僕らが向かったのは警視庁だったが、既に朱雀が話を通してくれていたようで、担当の刑事とすぐに面談できた。

さんざんシミュレーションした割りには、事情聴取はあっという間に終わり、拍子抜けといった気持ちになった。

「あの、檜山さんは……」

彼女のことが好きだという設定なので、一応聞いたほうがいいだろうと思い、去り際に刑事に問いかける。

「彼女は大事をとって警察病院に一日入院することになったんだよ。そうだ、君、拉致《らち》されたときに暴力を振るわれたんだよね？　彼女がそう言っていたよ」

「はい。蹴《け》られたくらいですが……」

未《いま》だに痛みはするものの、骨が折れている感じでもないし、大丈夫だろうと思っていたのだが、念のため君も病院にいったほうがいいと勧められ、警察病院に向かうことにした。この目で檜山の無事を確かめたかったこともある。

桐生に病院まで付き添ってもらうのは悪いので、一人で行くことにする。

「何かあったら今度こそ連絡するように」

警察で、スマートフォンを始め、財布やＳｕｉｃａは返してもらえていたこともあり、桐生は冗談めかした——だが本気の注意をしてから、会社に戻っていった。

警察病院で簡単な検査を受けたあと、医師に、檜山の様子を尋ねてみた。

「先程検査が終わって、今は病室にいます。宗正さんですよね？　あなたが病院に運ばれてきたのかを気にしていたから、病室に行ってみたらどうですか？」

女性の医師にそう言われ、僕は病室を訪ねてみようと心を決めた。が、勝手な行動をとるわけにはいかない、と、許可を得るため一旦《いったん》病院を出て、スマートフォンで大門に連絡する。

大門の声に緊張が滲《にじ》んでいるのがわかった。また僕が何かに巻き込まれたのではと案じてくれたようだ。

『どうしたの？』

「すみません、実は……」

慌てて僕は、先程医師から、檜山の病室を訪ねることを勧められたと報告し、行ってもいいかと尋ねたのだった。

『いいよ。但し、檜山さん本人にも、君は彼女を好きだということを信じさせないといけないよ？』

できる？　と大門が電話越しに問うてくる。

「はい。頑張り……」

ます、と言いかけ、頑張るだけではダメなのだとはっとする。

「はい、やります」

断言した僕を大門は信用してくれたようだ。

『話を聞けるようなら聞いておいて』

笑ってそう言い、電話を切った。僕は檜山のことを好きだが、檜山が水野部長と不倫をしていたことは知らないという設定だ。水野と檜山は関係をひた隠しにしていた。一部には漏れていたようだが、さすがに僕まで知っているというのは無理があるし、それこそストーカーと間違えられかねない。そこを間違えないようにしなくては、と、自分に言い聞かせ、教えられた彼女の病室へと向かった。

檜山は個室だった。彼女の受けたショックを気遣ってのことではないかと思う。ノックをし、無言の室内に声をかけてみる。

「あの、藤菱商事の宗正です。檜山さん、大丈夫ですか？」

これでもし返事がなかったら帰ることにしよう。寝ていたら申し訳ないし、起きていても返事がなかったら、面会を求められていないということだろう。

数秒待ったが、反応はない。仕方がない、帰ろうかと踵《きびす》を返しかけた僕の耳に、細い檜山の声が響いた。

「宗正君、大丈夫？」

「入っていいですか？」

不安を感じさせる声だった。おずおず尋ねると、「どうぞ」という声がし、僕は静かにドアを開き、病室へと足を踏み入れた。

狭い個室のベッドの上で、檜山は上体を起こしていた。病院着姿の彼女には、特に包帯を巻いているとか、傷があるといった様子はない。

「大丈夫でしたか？」

近くに寄って大丈夫だろうか。そろそろと近づきながら問いかける。

「うん。宗正君、殴られたり蹴られたりしてたけど大丈夫？」

檜山は心配そうに僕を見つめていた。白い小さな顔はすっかり窶《やつ》れているように見える。

「大丈夫です。その……すみません、あとをつけたりして。駅で見かけて、その、様子が気になったのでつい……」

僕がまずすることは、なぜ彼女をつけていたかの説明だろう。そして、と慌てて言葉を足す。

「あの、前の日のホテルは偶然です。ストーカーとかじゃないんです。そのときから様子がちょっと気になって、それで今日、思わずあとをつけてしまったんです。気持ち悪い思いをさせていたらほんと、すみません」

あなたが好きなだけなんです、と言えば完璧《かんぺき》だったのだろうが躊躇《ためら》ってしまった。言えば凄《すご》く嘘くさくなってしまうのではと今更心配になったのだ。刑事相手に説明したときには、『恋愛感情を抱いていて』と客観的に表現したせいかそんなに無理を感じなかったのだが、本人を前にするとやはり、気持ちがこもっていないと見抜かれそうで、避けてしまったのだった。

どうして、と理由を聞かれたら、好きだから、と告白しよう。密《ひそ》かに決意を固めたが、幸いなことに——といっていいのかはわからないが——檜山は僕の説明にさほどの興味を持たなかったようで、とんでもない、というように、目を見開き、感謝の言葉を告げ始めた。

「謝らないで。あなたがいなかったら今頃私、どうなっていたか！　本当にありがとう。

私のせいで怖い目に遭わせてしまって本当にごめんなさい。お互い、無事でよかったわ……あ、無事なのよね？」

はっとしたように僕の顔を見たのは、チンピラに蹴られていたところを思い出したのだろう。

「はい、検査してもらいました。異常なしだそうです」

「よかったわ」

安堵《あんど》した様子の彼女は暫く俯《うつむ》いていた。僕もなんと言ったらいいかわからず、沈黙のときが暫《しば》し流れる。

「ねえ」

沈黙を破ったのは檜山だった。少し思い詰めたような顔になり、僕に問いかけてきた。

「はい」

「水野部長はどうなったか、聞いた？」

「いえ……」

刑事に聞けたのは檜山のことだけだった。聞けばよかった、と後悔していた僕の前で檜山は、

「そう……」

と残念そうな顔になった。

「あの……」

聞いてみても大丈夫だろうか。水野の名を出したのは檜山が先だ。これは絶好の機会なのではと、僕はおずおず、切り出してみることにした。

「檜山さんは水野部長のあとをつけていたんですか？」

「ええ」

頷《うなず》いた檜山が探るような目を一瞬、僕に向ける。

「どうしてですか？」

水野がインサイダー取引で警察の取り調べを受けていることはまだ、社内には発表されていないはずだ。だがチンピラは水野の名を出していたので、疑問を覚えるのは不自然ではないと思う。逆に疑問を覚えないほうが不自然なのでは、と思ったのでそう問いかけてみたのだが、それを聞いた檜山は暫《しばら》く迷うようにして黙り込んだあと、ようやく口を開いた。

「あなた、何も知らないの……？」

「あの……何をですか？」

ドキ、と鼓動が高鳴る。聞き方を間違えれば会話は終わるだろう。演技力には自信がないがやりきるのみ。自分は檜山に恋した何も知らない新入社員、と心の中で繰り返し唱え問い返す。

檜山にしては聞きづらい質問に違いなかった。僕が、彼女と水野の関係に気づいているかどうかを探りたいのだろうが、もし僕が何も知らないとなると、自分の問いで僕に気づかれるというリスクが生じる。いわば墓穴を掘ることになるため、何も言えずにいるに違いない。

とはいえ、こちらから切り出すのも勘がよすぎる気がする。惚《とぼ》けるふりをして聞き出すというのも考えたが、自分の実力からしてわざとらしくなりそうだった。

どうしよう。沈黙が続く中、いつまでも病室に留《とど》まるわけにもいかない。役立たずと思われることは間違いないが、ボロを出すよりはマシだ、と、僕は退却を決めた。

「あの……大変な目に遭われて、さぞショックだったと思います。お大事にしてくださいね」

失礼します、と頭を下げ、病室を出ようとしたとき、檜山の思い詰めた声が周囲に響いた。

「宗正君、ごめんなさい……！　私、あなたに酷《ひど》いことをしてしまった」

「え？」

演技以前に素で驚いてしまい、声が漏れる。

「ごめんなさい。あなたは私の命の恩人なのに、私、あなたのこと泥棒だって、会社に告げ口したの。自分を守るために！」

「え？　あの？　ええ？」

当然ながら告白の内容自体は知っていた。僕が驚いていたのは、彼女がそれをわざわざ告白してきたことに関してだ。確かに僕は彼女の『命の恩人』ではある。しかしそれはたまただったということで説明している。

黙ってもいられただろうに、一体なぜ。充分戸惑っているせいで、演技する必要がないほど混乱している様子に見えるだろう僕に、檜山が説明を始める。

「私、てっきりあなたが私と水野部長の不倫を探っているのだと思ったの。待ち合わせのホテルで姿を見かけたものだから、誰かの命令で水野部長の相手を捜してるんだろうって」

「あ、あの、不倫相手なんですか？　檜山さんが？」

問うまでもなかったが、やはりどうしても信じられないという思いが、僕の口を動かしていた。

「どうして……」

水野の人となりを知っているわけではない。が、部下たちが私用の飲み会を接待費として落とそうとするのを黙認している人間であることは間違いない。

そういえば檜山はわざわざ水野の部に異動願いを出していたという。亡くなった海外不動産部長への思い入れは人一倍あったということだったのに、なぜ異動願いを出したのだろう。

その頃から水野が好きだった——という可能性は勿論《もちろん》ある。社長の娘婿に収まったのも、社長の娘が水野に一目惚《ひとめぼ》れをしたからだという話を清掃の人たちから噂として聞いていた。確かにハンサムだし背も高いが、相手が独身ならともかく、既婚者だ。しかも妻は社長の娘。さすがに躊躇うのではないか。余程の事情があるなら別だが、と、ここで僕は、真木や桐生、それに大門との以前の会話を思い出していた。

遠藤海外不動産部長は警察の厳しい取り調べに耐えられず自ら命を絶った。そして彼亡きあと、会社はすべての罪を彼に負わせた。そんな会社を檜山は許せなかったのではないか。

だから水野の部に異動願いを出した。社長の娘婿である水野に取り入り、かつての贈賄事件の真相を探ろうとしたのではないのか。

そんな――。

皆で話していたときには、さすがにあり得ないだろうという流れになっていたし、僕自身もそう感じていた。だがもしこれが正解だとしたら、檜山は自分の身を犠牲にして水野に近づいたことになる。できることならハズレであってほしい。しかしこれ以上に檜山が水野の愛人だったことの理由に適したものはない気がした。

とはいえそれを檜山に確認することは、僕にはできなかった。聞きづらいというわけではない。檜山が遠藤部長に思い入れを持っていたということも、水野の部に異動願いを出したということも、僕の知り得ないことだからだ。

このまま胸にしまって帰ることにしよう。そう心を決めると僕は黙り込んでしまっていた檜山に対し、

「すみません」

と頭を下げた。

「立ち入ったことを聞いてしまって……」

「ううん。あなたには聞く権利がある」

そのまま帰ろうとしていた僕に対し、檜山は思いもかけない言葉を発した。

「説明させてほしいの。なぜあなたを陥れようとしたのか……いいえ、私がなぜ水野なんかの愛人になっていたのかを」

「！　はい……っ」

まさか檜山のほうから話すと言ってくれるなんて。どうしてそんな気になってくれたのかはわからない。一人の胸にしまっておけなくなったのかもしれないし、同じ怖い目にあった僕に対しシンパシーを感じてくれたのかもしれない。何にせよ、生半可な気持ちでの告白ではないに違いない。そんな彼女の気持ちに応《こた》えねば、と僕はその思いを伝えようと彼女の瞳《ひとみ》をしっかりと見つめ頷いたのだった。

9

「宗正君は新入社員だけど、例の海外公務員への贈賄事件で、当社の海外不動産部長が自殺したことは知っているわよね、さすがに」

どう話そうか迷っているのか、とつとつとした口調で檜山が切り出してきたのに、僕は「はい」と頷き、続きを待った。

「亡くなった海外不動産部長は遠藤さんっていうんだけど、贈賄の主謀者と見なされていたようで、連日警察に呼ばれて取り調べを受けていた。私はその頃、遠藤さんの秘書だったの」

ここまで話すと檜山はまた、少し考えるようにして黙り込んだ。何か問うべきだろうかとも思ったのだが、彼女の思うままに話してもらったほうがいいだろうと判断し、黙ったまま檜山が喋《しゃべ》り出すのを待った。

「……取り調べは本当に厳しいものだったようで、日に日に遠藤さんは窶《やつ》れていって、部員は皆、遠藤さんに同情していたわ。遠藤さんは真面目な人で、贈賄の主体になるなどあり得ないというのが我々部下の一致した見解だった。別件で、東南アジアのある国で入国許可を得るには少額ではあるけど賄賂《わいろ》が必要だとなったとき、上司となる役員に指示を仰いだことを知っていたから。日本企業は皆、賄賂を払っていたけど、遠藤さんは皆がやっているからといって、罪とわかっていることをやるべきではないという考えだったの。賄賂を贈らなければ入国が遅れる。その許可を役員に得ようとしていたくらいなのよ」

「そんなことが……」

聞けば聞くほど、遠藤が贈賄の主謀者というのは無理があるように思えてくる。もし行うとしても上司である役員に相談するはずだ。つまりは役員の指示に従ったということではないのか。

会社が何も知らなかったというのも嘘ではないか。

「……遠藤部長は、主謀者ではなかったということですか？」

そう考えているのだろう。確認を取った僕に檜山が「ええ」と頷《うなず》く。

「……ただ、取り調べの厳しさには本当に参っていらしたので、自殺したことに関しては悲しかったけど、納得できなくもなかったの。遠藤さんは本当に優しい人だったから。でも」

と、檜山の顔つきがここで変わる。

「贈賄事件の主犯というのは絶対に嘘だと思ってる。自殺した遠藤さんにすべての罪を被《かぶ》せたのだと。それで私は水野に近づくことにしたの。経営者一族にもっとも近いところにいる外部の人間は彼だから。娘婿で肩身の狭い思いをしているという噂もあったので、情報を得るには適しているんじゃないかと思って、彼の部に異動願いを出したの。目的はただ一つ。贈賄事件は遠藤さん単独の犯行ではなく、会社ぐるみだったという事実を明らかにするために」

「！　それは……!!」

それで水野に近づいたというのか。愛人になったのはやはり、亡くなった遠藤部長のためだったと？　自分の身を犠牲にしても、もと上司の無実の罪を晴らしたかったと、そういうことなんだろうか。そんな、と僕は今、言葉を失ってしまっていた。

「……水野に信用されるためには、彼の懐に飛び込むしかなかった。葛藤《かっとう》は勿論あったわ。でもそれ以上に、遠藤部長の汚名を雪《そそ》ぎたかった。自分から誘惑はできなかったけど。ドラマじゃないし……うん。ドラマのような感覚でいたから、向こうから誘われたときに乗れたのかもしれない。水野はストレスをためていたの。奥さん、本当に性格がきついみたいで……。さすがにまだ、贈賄事件の真相については聞き出せていなかったんだけど、ここにきて水野がインサイダー取引の主犯に仕立て上げられるということがわかったの」

「仕立て上げられた……んですか？　水野部長は」

思わず確認を取った僕に、檜山が頷く。

「ええ。ホテルでの待ち合わせに水野は来なかったでしょう？　あのときは社長に呼び出されて、インサイダー取引の主犯となるよう指示されたからだったそうよ。電話で教えてくれたの。自分は逮捕されるかもしれないが、無実だから信じないでほしいと。そして、もし、社長やその周囲の人間に、自分たちの関係について問い質《ただ》されたとしても、何も知らないと言うようにと……それだけ言うと、急いでいたのか水野は電話を切ったんだけど、それで私、嫌な予感がしてきてしまって」

「嫌な予感というと……？」

もしや、と思い問いかけると、予想どおりの答えが返ってきた。

「……遠藤部長のときと、同じことが起こるのではないかと……警察のきつい取り調べと罪の意識に耐えかねて自殺をしたとされてしまうのではないかと」

「それで水野部長のあとをつけたんですね？」

僕の問いに檜山が「ええ」と頷く。

「水野が警察から戻ってくるところを捕まえれば、少しは話すチャンスが生まれるのではと会社の前で張っていたの。運良く水野は一人で戻ってきたんだけど、どこからか電話があったらしく、会社には入らず駅へと向かっていったの。それで彼をつけていたら……あとはあなたも知ってのとおりよ」

「……水野部長ともども、ヤクザに拉致《らち》されたんですよね……」

改めて、無事でよかった、と思わず息を吐き出す。自分もだが、檜山も、そして水野もだ、と彼女を見ると、檜山もちょうど僕を見ていて、二人の視線が合った。

「……びっくりしたわよね。ドラマみたいな話を聞かされて」

「はい。正直、驚いています。でも……」

何を言えばいいのか、自分でもよくわかっていなかった。目の前の青ざめた彼女を少しでも力づけたかったのだが、そのための言葉がわからない。

「……あなたを巻き込んでしまってごめんなさい。窃盗の件は全くの事実無根で、単なる私のあなたへの嫌がらせ行為だったと、すぐに人事に連絡します。本当にごめんなさい。謝ってすむことではないけれどこのことだけは退職前に責任を持って撤回するので、どうか信じてください」

「た、退職？　檜山さん、辞めるんですか？」

さらりと言われ、そのまま受け止めそうになったが、ちょっと待て、聞き流せない、と僕は思わず身を乗り出し、尋ねてしまった。

「ええ。今回のことで私と水野の関係も知れ渡るでしょうしね。それに暴力団に拉致されたことも。何より、ほとほと失望しちゃったの。うちの会社に」

はあ、と息を吐き出し、苦笑する檜山に対し、やはり僕は何も言ってあげられず、黙り込んでしまっていた。

「遠藤部長がすべての罪を背負わされたことをなんとか調べようとしていたけれど、他殺かもしれないとまでは疑ったことがなかった。でも、暴力団が出てきたってことは……

……」

檜山がぞっとした顔になる。細かい身体の震えを抑えつけるようにきつく己の身体を抱く彼女の、会社への恐怖と嫌悪は僕にもよくわかった。

会社、というよりは――と、檜山が僕の考えていたことと同じ言葉を口にする。

「会社というよりは社長……社長だけじゃなく創業者一族に対して、愛想がつきたと言ったほうがいいかも。水野もよく零《こぼ》してたの。社長の娘婿という立場は少しも美味《おい》しいことなんてない、常に妻の機嫌をとる日々だって。今回、水野の言うとおり本当に主犯が社長だったのだとしたら、犯罪行為によってでも創業者一族を守ろうとしたってことでしょう。自分たちの手は汚していないけど、間接的には殺人を犯した可能性もある……遠藤部長がもし、他殺だったとしたら、だけど。そんな極悪人が経営している会社なんて勤め続けたくないわ」

「……ですよね……」

彼女の言うことは一から百まで、『そのとおり』としか表現し得ないものだった。でも、と僕は拳《こぶし》を握る。

僕たち総務三課が、会社を変えてみせる。『僕たち』と言いつつ、僕自身は力不足で逆に足を引っ張っているような状態ではあるが、他のメンバーは会社の闇を改善するため、日々尽力している。彼らの働きにより、確実に会社は変わっていくと思う。だからもうちょっと待ってもらえないだろうか。

このまま辞めてほしくない。まっとうになった会社の中に彼女もいてほしい。

しかし、この思いは彼女に伝えることができない。何一つとして明かしていいことがないから、と僕は檜山を見つめた。

「辞めると決めればもう怖いものなしだから。警察に遠藤部長の自殺のこと、他殺の疑いもあるんじゃないかと訴えかけてみようと思ってるの。警察が動いてくれなかったら、マスコミに訴えることも考えているわ」

檜山は吹っ切れているように見えた。表情がすっかり明るくなっている。

「話を聞いてもらえてよかった。気持ちの整理がついたみたい。本当にあなたには申し訳ないことばかりで……本当にごめんなさい。そして本当にありがとう」

深く頭を下げてくる彼女に僕は、

「全然大丈夫ですから。何かあったらなんでも言ってください」

という、我ながらしょうもないとしかいえない言葉しか告げることができなかった。ちょうど看護師が検温に入ってきたので、それを機に僕は彼女のもとを辞すことにした。

「お大事にしてくださいね」

「ありがとう。あなたも」

笑顔の彼女に別れを告げ、病院を出て地下鉄の駅に向かう。

そうだ、とポケットからスマートフォンを取り出すと、総務三課のグループアドレスに、

『檜山さんから話を聞きました。帰ってすぐ報告します』

と送信した。すぐに大門から返信がきたが、内容はただ一言『了解』のみだった。

『了解』だけでもメールが来る。そのことの意味を僕は深く考えたことがなかった。

それだけ報告や連絡はきっちりする必要があるということなのだ。研修でも、どれだけ報告や連絡が大切かということは習っていたのに、実践できていない自分が情けない。

他の仕事でも勿論《もちろん》だが、総務三課の仕事は秘密裏に行わねばならないものだ。会社の機密にも近いところにいる。なのに社会人としての基礎の基礎を怠るなんて、本当にどうしようもない、と自己嫌悪が込み上げてくる。

反省したからには二度と同じ過ちは繰り返すまい。もし、この先も三課にいられるのなら、連絡も報告も絶対に忘れない。他の部署に異動になったとしても、それは守らなければいけないことか、と、気づき、頭をかく。

とにかく、今聞いた話を即、皆に伝えよう。そのためには会社に到着する前に、整理をしておかねばと、僕は一人頷《うなず》くと、心に決めたとおり、スマートフォンのメモ機能で檜山から聞いた話をまとめ始めたのだったが、その頃会社は驚くべき事態となっていたのだった。

僕が会社に到着したときには、既にテレビ局や新聞社、それに週刊誌の記者たちが大勢で社屋を取り囲んでいた。

「すみません、社員のかたですよね？　お話聞かせてもらえませんか？」

マイクを向けられ、ぎょっとする。それも一人や二人じゃなくて、わけがわからないまま、僕は、

「すみません、通してください」

と必死に声をかけ、なんとかエントランスに入ることができた。

何が起こっているのかわからない。受付にはいつも制服の女性がいるが、今日は警備会社の制服を着たいかつい男が二人で座っていた。

とにかく、とエレベーターホールを突っ切って非常階段を駆け下り、地下三階に向かう。

「ああ、おかえり」

「マスコミ、大丈夫だった？」

大門と桐生、それぞれが声をかけてくれる。二人の横には真木もいた。当然三条もいる。

「何があったんですか？　マスコミがこんなに押し寄せるなんて」

問いかけた次の瞬間、もしや、と答えに気づく。

「インサイダー取引について記者発表したとか？　または逮捕者が出たんですか？」

「ほぼ正解だけど、それだけじゃないんだよ」

まあ、座って、と大門が僕を促し、自分のデスクに座ると、真木が僕にミネラルウォーターのペットボトルを差し出してきた。

「飲む？」

「あ、ありがとうございます」

真木の態度も笑顔もいつもどおりだった。そのことに安堵《あんど》する自分をどうかと思いながら礼を言い、ペットボトルを受け取る。

「インサイダー取引の主犯として、如月一清《きさらぎかずきよ》社長が逮捕された。先程警察が逮捕状を手に乗り込んできたんだ」

「え!?　社長が逮捕……!?」

そんなことが起こっていたとは、と愕然《がくぜん》としていた僕に、大門が説明を続ける。

「社長本人は随分と抵抗したらしいが、そもそも今回の逮捕は当社からのリークによるものでね。早い話、社長は切られたんだよ。蜥蜴《とかげ》の尻尾《しっぽ》切りよろしくね」

「社長を切るなんて……」

そんなことができるのは一人しかいない。しかし実の息子を？　唖然《あぜん》としていた僕に大門が頷く。

「ああ、そうだ。会長が保身のために息子を切り捨てたんだ」

「……そんな……」

肩を竦《すく》める大門を前に、僕は言葉を失っていた。

「実は社長の素行の悪さについて、会長も随分前から頭を痛めていたという話だ。長男なので跡継ぎとしたが、不満は募るばかりだったと」

「ああ、そういや、前に義人が連れ込まれた西荻《にしおぎ》のいかがわしい店、社長の紹介とか言われてたけど、あれ、嘘じゃなくて本当だったのか」

横で桐生が思い出した声を出す。そうだ、そんなこともあった、と僕もまた記憶を辿《たど》っていると、大門が「そうだろうね」と頷き、続きを話し始めた。

「会社の業務にかかわる『悪事』ではなく、個人的な非行ということだったそうだ。学生時代から警察沙汰《ざた》にならないよう、色々揉《も》み消してきたらしい。そういうことをするから、まともな大人に育《た》たなかったんじゃないかと思わなくもないよね」

やれやれ、というように溜め息をつく大門に対し、皆、そのとおりと頷いている。僕もまたそう思うと同時に、そんな人が社長だったのか、と、その事実に愕然としていた。

「社長は人当たりはよかったし、見栄えもするから、ほぼ接点のない社員や清掃の人たちからは好かれてたよね。中身が空っぽで、経営は実質会長がやってたってことは、管理職はみんな気づいていたけど」

桐生の発言を聞き、初めて知った、と僕は感心し、直後に、自分の情報収集能力を疑ってしまった。入社して半年経つのに。総務三課なのに。社長の評判を全然知らないとか、あり得ないだろうと落ち込みそうになる。が、今は話を聞くときだと顔を上げると、大門は、僕の心を読んだかのように、ニッと笑って頷き、話を再開した。

「そういったわけで、今回、会長は本格的に息子を見切って、インサイダー取引や暴力団との癒着について、罪を社長一人に押しつけたというわけだ。会長はまったく知らなかったというスタンスをとり、社長不在時の経営を自分がやるつもりだったんだが、それに取締役会で待ったがかかったんだ。それで会長も辞任となった」

「会長も辞任したんですか⁉」

それも驚きだ、と、ついつい声が高くなる。

「ああ。本人にその気はなかったんだが、社外取締役の朱雀さんが既に役員たちの根回しを終えていてね。特別顧問などの役職につくこともなく、辞任、退職となった。腹の中はともかく、大人しく取締役会の決定に従い会長を辞任したところをみると、彼がインサイダー取引に関与している証拠か証言を盾にしたんじゃないかな。逮捕されるより会社を辞めたほうがいいでしょう、という感じで」

「会議室から出てきたとき、悪鬼のごとき憤怒《ふんぬ》の表情を浮かべてたって噂よ」

三条がぼそりと告げ、

「こわ」

と桐生が苦笑する。

「そうだったんですか……」

カリスマ経営者であったという一族の長。今までは皆が彼の顔色を窺《うかが》っていただろうに、今回、怒りを露《あら》わにしても彼の言い分が通ることはなく、辞任に追い込まれ会社を去ることになったとは。となるともう藤菱商事は如月一族の会社ではなくなるのか。それとも、と僕は気になったことを大門に問いかけた。

「新社長は誰になるんですか？　やはり一族の中の誰かでしょうか？」

創業以来同族経営の藤菱が生まれ変わるのはそうそう簡単ではないだろうし、と僕は考えたのだが、大門の答えは予想を超えるものだった。

「川辺《かわべ》副社長——メインバンクからきた外様《とざま》の副社長だよ。今回のことを機に創業者一族は経営から一掃されることになるということも、先程記者発表していたよ」

「思い切りましたよね」

真木が感心した声を上げ、桐生が「本当に」と頷く。

「インサイダー取引は勿論、暴力団との癒着や彼らの手による社員の殺人未遂だからね。会社のイメージは最悪になる。今だって最悪なんだから、下手をしたら倒産しかねない。立て直すにはそのくらい思い切ったことをする必要がある——と、新社長が記者に向かって話していたよ。如月一族にすべての罪を被《かぶ》せているところは気にならないといったら嘘になるけど、一族が諸悪の根源であったのは事実ではあるから、まあ、いいのかな」

「……なるほど……」

実際、如月一族以外にも、いわゆるコンプライアンスに違反していた人間はおそらくいるのだろうが、社会的信用を回復させるためには『一族経営が悪』というイメージ戦略をおこなったと、そういうことだろうか。

とはいえ少なくとも、と僕は、それを確かめようと口を開いた。

「会社が変わるんですね。いよいよ」

言葉にするとじわじわと実感が胸に沸き起こってきて、自然と笑顔になってしまう。

「蓋《ふた》をあけてみないとどこまで変わるかはわからないけどね」

そう言いながらも大門の顔にも笑みがあった。桐生も、そして真木も笑っている。珍しく三条も微笑んでいるように見えるが気のせいだろうか、と彼女に注目するも、じろりと睨《にら》まれ、慌てて視線を逸《そ》らした。

「で？　檜山さんから話が聞けたんだよね？」

大門にそう振られ、その報告をせねば、と僕は焦って説明を始めた。

「はい。やはり彼女は前の上司だった遠藤部長が一人で贈賄の罪を被せられたことを疑問に思い、水野部長に近づいたそうです」

できるだけ要領よく、と心に決めていたのに、結局ぐだぐだになってしまった。が、大門をはじめ、皆、辛抱強く僕の話を聞いてくれた。

「行動力といい洞察力といい、ウチに欲しい人材だね」

大門の言葉に三条が突っ込む。

「ちょっと思い込みが激しいですけどね」

「素直に謝罪するところは可愛い。責任感の強いところもいいよね」

横から桐生も笑顔で話に加わったが、すぐ、

「でも辞めるんだっけ」

と残念そうな顔になった。

「社長逮捕で、気が変わるかもしれない。でもただでさえ皆の好奇の目にさらされるだろうところに、総務三課に来てもらうのはキツいかもね」

大門が考え考え言うのに、皆、確かに、と頷《うなず》く。

「正直、女性はもう一人欲しいんですけどね」

と、三条が溜め息を漏らしつつそう言い、大門をじっと見つめる。

「二人じゃ手が足りなくて」

「二人？」

三条一人ではないのか。と、つい疑問を声に出してしまった僕を、三条がちらと見る。

「気づいてないの？」

「何に、ですか？」

呆《あき》れた口調で問われたが、まるで心当たりがない。まさか僕を女子枠にするとか？

メイド服を着たことはあるが、とても『女子』には見えなかったのだけれど。

首を傾げていた僕の耳に、桐生が噴き出す声がした。

「義人に女装させようとか、考えてないから」

「えっ」

考えを見抜かれたのも恥ずかしいし、その考え自体も恥ずかしい。赤面した僕を見て、その場にいた皆が噴き出したが、すぐに大門が、「ごめんごめん」と笑いつつも謝ってくれ、正解を教えてくれた。

「もう一人の女子は、カフェの光田さんだよ。朱雀さんが情報収集のために派遣してくれたいわばエキスパートだ」

「ええっ⁉ 光田さんが⁉」

驚きが大きすぎて、思わず叫んでしまった。が、すぐ、だからなんでも知っていたのか、と納得する。

「そうだったんですね……」

それでいつも声をかけてくれていたのか。さりげないフォローにどれだけ助けてもらっていたかを改めて思い出し、改めて感謝の念を抱く。

「知ったからといって、態度に出してはダメだからね。言わずもがなだけど」

と、大門が注意を促してきたことで、僕ははっと我に返った。

「はい。気をつけます」

こんな当然ともいうべき注意を受けるということは、やはり使えないと判断されたということなんだろう。わかってはいたし、すべては自分の至らなさゆえなので納得もするが、やはり胸は痛んだ。

異動の際には秘密保持の念書を書くことになるのだろうか。寮も出なければならないだろう。家族にはなんて説明しようか。さまざまな思いが去来し、胸が一杯になる。泣きそうだ。情けない。子供じゃないんだから、と唇を嚙《か》んだとき、大門の明るい声が響いた。

「これから忙しくなるぞ。社長交代時には何かと問題が発生するものだからね。特に創業以来初めての一族以外のトップだ。心してかからないといけないよ」

「はい」

「いやあ、盛り上がりますね」

真木が頷き、桐生が言葉どおりテンションの上がっている様子で答える。

「わかってます」

三条は相変わらず淡々と答えたあと、僕へとちらと視線を送ってきた。気づけば大門も桐生も、そして真木も僕を見ている。

「……あの……？」

その視線の意味は。返事をしなかったからだろうか。

返事ができなかったのは、この先、自分がこの課にいられる可能性が低いと思っていたからだった。もちろん、やる気には溢《あふ》れているのだが、と僕はおずおずと大門に問い掛けた。

「……僕はこのまま、ここにいていいんでしょうか」

「え？　異動したいの？」

大門が驚いたように目を見開き、問い掛けてくる。

「まあ、あれほど怖い目に遭ったんだから、異動したくなったというのもわからなくはないけど」

残念そうに言葉を続ける彼を見て僕は、慌てて、

「違います！」

と大きな声を上げていた。

「こんな使えない奴はもういらないと言われると思ったんです。迷惑しかかけてないし、いつまで経っても成長しないし、もう見限られたのだとばかり……っ」

「義人は真面目すぎるんだよ」

と、横から桐生が呆れたように声をかけてきた。言葉はやや否定的だったが、彼の顔には優しげな笑みが浮かんでいた。

「俺が来たばっかりの頃なんて、そりゃ酷《ひど》かったんだから。大門さんも毎日頭を抱えてたよ。それに比べたら義人の失敗なんて可愛いもんですよね、大門さん」

「否定はしないよ」

大門が苦笑し、頷く。二人とも僕に気を遣ってわざとオーバーに言っているのだろうと申し訳なく思っていると、三条が、

「マジだから」

とぼそりと言葉を足してきた。

「そもそも君は社会人一年生だ。うちの会社に入ってまだ半年だし、知らないこと、できないことが我々よりあったとしても当然なんだよ。しかも」

ところで大門が立ち上がり、僕の傍まで歩み寄ると、ぽんと肩を叩《たた》いた。

「君の人柄のよさもこの仕事には適している。檜山さんからすべてを聞き出すことができたのも君の素直で誠実な人柄あってこそだ。人の心を開かせるのは容易じゃないというのに、いわば君は天性の素質を持ってるんだよ」

「そんな……」

褒めすぎだ。お世辞に決まっているけど、大門の言葉の一つ一つが嬉《うれ》しくて、またも僕は泣きそうになった。

「あ……りがとうございます。そんな……」

本当に天性の素質があるのなら嬉しい。でもなかったとしても、この仕事が続けられるよう頑張りたい。いつしか拳《こぶし》を握り締めていた僕の肩を大門は再びぽんと叩くと、

「さて、仕事を再開しよう」

と明るい口調でそう言い、皆を見渡した。

「まずは新社長の身辺調査だね。桐生君、真木君、聞き込みを頼むよ。宗正君は過去の新聞記事や社内報等での発言で、新社長の人となりをまず把握すること」

「わかりました……！」

それらの情報は既に、僕以外の皆は頭に入っているということだろう。しかしもう僕

は落ち込みはしなかった。一日も早く追いつきたい。そのためには下を向くのではなく前を向き、努力するしかないからと、真の意味で理解できたからだ。

「明日《あした》には事務用品の配達も復活できるだろう。それじゃ、皆、よろしくね」

「はい！」

返事にやる気が溢れてしまったせいか、三条は煩そうな顔になり、桐生と真木は苦笑している。羞恥心《しゅうちしん》が込み上げてきたものの、頑張るのみ、と僕は一人頷くとパソコンを立ち上げ、新社長の情報収集に勤《いそ》しんだのだった。

午後六時過ぎ、『聞き込み』から戻ってきた真木に僕は、

「一緒に帰ろう」

と誘われ、二人で地下鉄の駅へと向かった。

「メシ、食べて帰らないか？」

真木の様子はいつもどおりだった。が、少し緊張しているようにも感じる。僕はといえば、彼以上に緊張していた。少しでもぎくしゃくしている状態から逸したい、と願っていたので、彼の誘いを僕は喜んで受けたのだった。

食べたいものを聞かれたが、特に思いつかないでいると、久々にもんじゃ焼きにでも

行こうか、ということになった。

「懐かしいです」

大学生のとき、連れていってもらったことがある。もんじゃ焼き屋は初めてだったのでどうやって作っていいかわからなかった僕のかわりに、真木がやり方を教えてくれたのだった。

「たまに食べたくなるんだ。義人とも昔よく行ったよね」

「懐かしいです。僕にもんじゃを教えてくれたのは先輩なので」

「そうだ、土手を作れなくて特訓に付き合ったりもしたよね」

真木がぷっと噴き出す。不器用な僕はなかなか土手作りをマスターできず、いくつも頼んだせいでお腹が苦しくなったのだった、と、黒歴史？も思い出すことになり、赤面する。

「その節は……」

「冗談だよ。楽しい思い出じゃないか」

そんな話をしながら僕たちは月島《つきしま》へと向かい、入れそうな店を探した。

「お疲れ」

「お疲れ様です」

ビールで乾杯したあと、早速やってきた注文の品を作ろうとすると、真木は、

「僕がやるよ」

と、僕から器を取り上げ、器用に土手を作り始めた。

暫《しばら》くはもんじゃを食べることとビールを呑《の》むことに専念していたが、やがて真木が居住まいを正すようにすると僕を見て口を開いた。

「義人とはちゃんと仲直りできていない気がしたから誘ったんだ」

「……全部僕が悪いんです」

申し訳ありません、と頭を下げると真木は、

「もう謝らなくていいって言っただろ？」

と顔を覗《のぞ》き込んできた。

「……仕事のこともですが、僕が先輩に対して素直になれず、壁を作ってしまっていたので……」

真木はいつも僕のことを、それは思いやってくれていた。常に僕のためを思って動いてくれているとわかっているのに、なぜああも意固地になってしまったのかと反省しかない。

それでもこうして見捨てずにいてくれる彼の優しさに、いつまでも甘えているわけにはいかない、と僕は尚《なお》も頭を下げた。

「卑屈にならず、前向きにいくようにしますので、これからもよろしくお願いします！」

「こちらこそだよ。それに僕も悪かったんだ」

真木は少しおろおろとしているように見えた。どうして、と見つめる先、考え考え話

し出す。

「義人の悩みをちゃんと理解できていなかった。付き合いが長いこともあって、すべて言わなくても通じるだろうと、はしょっていた部分もあったし。自分が新人の頃を思い返してみて反省したんだ。普通の仕事でもできないことを歯がゆく思っていたのに……ってね」

「そんな。先輩に謝ってもらうようなことはありません。僕が素直じゃなかったってだけなので」

「義人は素直だよ。だから素直に僕の謝罪も受け入れてほしいな」

真木が笑顔になったことで、僕もそれ以上言い返すのをやめることにした。

「これからはもっと素直になります」

「うん。今まで以上にコミュニケーションをとるようにしよう」

笑顔で頷《うなず》く彼に、僕もまた笑顔で頷き返す。

思っているだけでは伝わらない。言葉や態度にする必要があると、頭ではわかっているのに実際できていなかった。

これから総務三課はますます『裏の仕事』で忙しくなるという。そのためにも気持ちを一つにして臨むことが大切になると、そういうことだろう。

もう僕は『足を引っ張らないようにしたい』というマイナス思考の望みを抱くことはやめにした。もっと前向きな望みを――少しでも役立てるよう頑張りたい、と願うことにしたのだ。

尊敬する先輩をはじめ、課の皆が僕を受け入れてくれ、見守っていてくれるとわかったから。その思いを込め真木を見る。真木は、そのとおり、というような笑顔となり、大きく頷いてくれたのだった。

風習

初ボーナスが出た日、僕は総務三課の皆さんに、ケーキを配った。寮で複数の同期から自分の部ではそうした風習があると聞いたので、真似することにしたのだ。

ちょうど実習日誌の提出も終わる時期ということもあって、今まで指導に時間を割いてくれたことへのお礼という意味でケーキを買ってきて配るらしい。

指導に対するお礼ということなら、他の同期の二倍か三倍、いや、十倍くらい、僕は三課の皆さんにはお世話になっている。そのため昼休みに地下鉄に乗って東京會館《かいかん》を目指し、人気のケーキを買うことにした。

近所の如水《じょすい》会館でも買えるのだが、電話で問い合わせたところ同じことを考えた同期がいたらしく、既に売り切れと言われたのだ。なんとか入手できたことに安堵《あんど》しつつ会社に戻った僕を最初に迎えたのは桐生だった。

「お、初ボーナスのケーキか！　去年は新人いなかったから、食べられなかったんだよね」

彼は早々に僕の下げていた紙袋に気づき、中身を当ててくる。

「はい。さんざんお世話になったお礼に……もならないと思うんですけど」

途中で三条がちらと視線を向けてきたため、慌てて言葉を足す。ケーキ一つで済むレベルじゃないだろうと言いたいのかなと思ったのだが、彼女が注目したのは紙袋のロゴだとすぐにわかった。

「マロンシャンテリーね。季節もの？」

「あ、はい。ピスタチオのと、あと、通常のも買ってきました。今召し上がりますか？三時にしますか？」

三条と、そして皆に聞いてみる。

「今食べようよ。あ、そうだ、真木も呼んでやろう」

桐生がそう言うと三条が「紅茶淹《い》れてきます」と立ち上がる。

「やります！」

自分が、と主張したが、三条は「いいから」と短く言葉を残し、部屋を出ていった。

「奮発したねえ」

値段を知っているらしい大門が感心した声を上げる。

「他の同期とは買う数も違うので」

今年は新入社員の数が少ないので、部によっては配属が一人だったりする。となると一人で二十個以上、購入する同期もおり、皆から同情を集めていた。

僕が買ったのはたった六つ、と箱を開けると、桐生が「あれ？」と不思議そうな顔になる。

「大門さん、三条さん、俺、真木、それに義人で五つじゃないの？　あ、自分は二個？それとも三条さんが二個？」

「さすがに食べられませんよ。二個は」

桐生の言葉が終わらないうちに、盆に紅茶の入った紙コップと紙皿を載せた三条が部屋に入ってきて、じろ、と彼を睨《にら》む。

「光田さんにじゃないの？」

さすがといおうか、三条は僕の考えていることをすぐさま見抜いた。

「はい。とてもお世話になったので……」

しかし買ったはいいが、どうやって渡すかは考えていなかった。客が来ない時間を見計らって届ければいいだろうか、と思いつつ、三条が持ってきてくれた紙皿にケーキを載せ、皆に配る。

と、そこに真木もやってきて、昼休み明けの時間ではあるが、皆してティータイムとなったのだった。

「うん、美味《おい》しい。にしても、こんな高いケーキじゃなくてよかったのに」

せっかくの初ボーナスなのだから、と真木が僕を思いやった言葉をかけてくれる。

「ボーナスっていっても、まだ二ヶ月しか働いてないから、そんなに出るわけじゃないしな」

桐生もまた同情してくれたあとに、

「他に使い道って決まってるの？」

と聞いてきた。

「特には……両親に何か買おうかなと考えているくらいですかね」

何がいいかはまだ思いついていないのだが、と答えると、横で聞いていた大門が感極まった顔になった。

「君のような息子がほしいよ」

「まず結婚からじゃないですか」

すかさず三条がツッコミを入れ、大門が「そうだけれども」と苦笑し、話題を変える。

「にしても、初ボーナスに部員にケーキを配るという風習も、最近は廃《すた》れてきたと聞いていたけど、そうでもないのかな？」

「経理はやらないみたいですよ。部員の人数が多いからというのもありそうです」

真木が言うのに、

「秘書部もやらないって言ってたな」

と桐生が思い出した顔になる。

「役員にはあまりケーキを好む人がいないらしい」

「ドクターストップかかっている役員もいそうですしね」

またも三条が淡々と突っ込むのを大門が「三条君、言い方」と指摘する。

「朝と三時のお茶出しもなくなって久しいし、そのうちに新人がケーキを買うという風習もなくなるかもだね」

桐生の言葉に真木が頷《うなず》く。

「そうですね。部内旅行とかもなくなってますし」

「昔はバス貸し切って温泉とかに行ったんですよね？　浴衣《ゆかた》で集合写真撮ったりして」

桐生が大門に問うと、大門は「そうそう」と懐かしげな顔になった。

「宴会で、新人は新人芸をやるんだけど、近くなると皆して夜中まで練習したものだよ」

「大門さんは何をやったんですか？」

新人芸で、と真木が問う。

「『仮面舞踏会』の完コピだ。録画からみんなで振り起こしをしてね。大変だったよ」

「それは見たい！」

「映像残ってたりしないんですか？」

桐生と真木が食いつく。僕もまた興味津々だったのだが、話題は思わぬ方向に流れていった。

「部内旅行、やりますか。宴会で大門さんに歌って踊ってもらう、と」

「ちょっと待て。そこは新人芸だろう」

大門に振られ、ぎょっとする。

「え？　僕ですか？」

「頑張れ、義人」

「新人が避けては通れない道だよ。新人同士の結束も固くなるし」

面白がっているとしか思えない二人にそう迫られた僕は、

「『結束』って一人なんですけど」

と言い返すのがやっとだった。

「『新人芸』を強要されるのがつらいとスピークアップする新人も最近はいるみたいですよ」

と、そこに三条の淡々とした声が響く。

「そうした風習もケーキ同様、そのうちなくなるのかもねえ。寂しいような気がするけど、そういう時代ってことか」

年寄りの戯《ざ》れ言に聞こえるかな？　と大門が苦笑しつつ肩を竦《すく》める。

僕が三課の皆にケーキを買おうと思ったのは、感謝の思いを伝えるのにそんな風習があると知ったからだった。それだけお世話になったと思っているからだが、そうした感謝の気持ちを抱くことができない環境にいたとしたら、『風習だからやらねば』と考え、憂鬱《ゆううつ》になっていたかもしれない。

部内旅行も、三課の皆と行ったらさぞ楽しいだろうと僕は思うが、普段からギスギスしている部署に配属されていたら、行きたいとは思わないだろう。

新人芸は――やりたいかといわれたら、得意なことがないのでちょっと勘弁、とは思うけれど、皆を楽しませることを考えるのは苦痛じゃない。

「風習はともかく、人との繋《つな》がりとか、人への思いやりとか、そうしたものはなくさないよう、気をつけたいものだよね」

まさに今、僕が考えていることを読んだかのように、大門がそう言い、頷いてみせる。

「行きますか、繋がりを求めて部内……じゃなく、チーム旅行」

「ゴルフでもいいかと」

桐生と真木もまた笑顔でそう言うのを三条が華麗にスルーする。

和気藹々《わきあいあい》とした雰囲気の中、僕は本当にいい部署に配属になったと、しみじみと我が身の幸福を嚙《か》み締めたのだった。

本書は書き下ろしです。
この作品はフィクションです。実在の人物、団体等とは一切関係ありません。

先《せん》輩《ぱい》と僕《ぼく》

総《そう》務《む》部《ぶ》社《しゃ》内《ない》公《こう》安《あん》課《か》 FILE《ファイル》 2《ツー》

愁《しゅう》堂《どう》れな

令和5年 7月25日　初版発行

発行者●山下直久

発行●株式会社KADOKAWA
〒102-8177　東京都千代田区富士見2-13-3
電話　0570-002-301（ナビダイヤル）

角川文庫 23733

印刷所●株式会社暁印刷
製本所●本間製本株式会社

表紙画●和田三造

●お問い合わせ
https://www.kadokawa.co.jp/（「お問い合わせ」へお進みください）
※内容によっては、お答えできない場合があります。
※サポートは日本国内のみとさせていただきます。
※Japanese text only

ISBN 978-4-04-113303-3　C0193

◇◇◇

角川文庫発刊に際して

角川源義

第二次世界大戦の敗北は、軍事力の敗北であった以上に、私たちの若い文化力の敗退であった。私たちの文化が戦争に対して如何に無力であり、単なるあだ花に過ぎなかったかを、私たちは身を以て体験し痛感した。西洋近代文化の摂取にとって、明治以後八十年の歳月は決して短かすぎたとは言えない。にもかかわらず、近代文化の伝統を確立し、自由な批判と柔軟な良識に富む文化層として自らを形成することに私たちは失敗して来た。そしてこれは、各層への文化の普及滲透を任務とする出版人の責任でもあった。

一九四五年以来、私たちは再び振出しに戻り、第一歩から踏み出すことを余儀なくされた。これは大きな不幸ではあるが、反面、これまでの混沌・未熟・歪曲の中にあった我が国の文化に秩序と確たる基礎を齎らすためには絶好の機会でもある。角川書店は、このような祖国の文化的危機にあたり、微力をも顧みず再建の礎石たるべき抱負と決意とをもって出発したが、ここに創立以来の念願を果すべく角川文庫を発刊する。これまで刊行されたあらゆる全集叢書文庫類の長所と短所とを検討し、古今東西の不朽の典籍を、良心的編集のもとに、廉価に、そして書架にふさわしい美本として、多くのひとびとに提供しようとする。しかし私たちは徒らに百科全書的な知識のジレッタントを作ることを目的とせず、あくまで祖国の文化に秩序と再建への道を示し、この文庫を角川書店の栄ある事業として、今後永久に継続発展せしめ、学芸と教養との殿堂として大成せんことを期したい。多くの読書子の愛情ある忠言と支持とによって、この希望と抱負とを完遂せしめられんことを願う。

一九四九年五月三日

先輩と僕

総務部社内公安課

愁堂れな

配属先の裏ミッションは、不正の捜査!?

宗正義人《むねまさよしと》、23歳。海外でのインフラ整備を志し、大不祥事に揺れる総合商社・藤菱《ふじびし》商事に周囲の反対を押し切り入社した。しかし配属先は薄暗い地下にある総務部第三課。予想外の配属に落ち込む義人だが、実は総務三課は社内の不正を突き止め摘発する極秘任務を担う「社内公安」だった！　次のターゲットは何と、大学時代の憧れの先輩である真木《まき》。義人が藤菱を志望する理由となった彼は、経理部で不正を働いているらしく——!?

角川文庫のキャラクター文芸

ISBN 978-4-04-112646-2

妖魔と下僕の契約条件 1

椹野道流

絶望から始まる、君との新しい人生。

その日、足達正路《あだちまさみち》は世界で一番不幸だった。大学受験に失敗し二浪が確定。バイト先からは実質的にクビを宣告された。さらにひき逃げに遭い瀕死の重傷。しかし死を覚悟したとき、恐ろしいほど美形の男が現れて言った。「俺の下僕になれ」と。自分のために働き「餌」となれば生かしてやると。合意した正路は生還を果たすが、契約の相手で、人間として骨董店を営む「妖魔」の司野《しの》と暮らすことになり……。ドキドキ満載の傑作ファンタジー。

角川文庫のキャラクター文芸

ISBN 978-4-04-111055-3

憧れの刑事部に配属されたら、上司が鬼に憑かれてました

飛野 猫

あなたの知らない京都を事件でご案内!!

幼い頃から刑事志望の亜寿沙《あずさ》は、念願叶って京都府警の刑事部所属となる。しかし配属されたのは「特異捜査係」。始終眠そうな上司・阿久津《あくつ》と２人だけの部署だった。実は阿久津は、かつて「鬼」に噛まれたことで鬼の性質を帯び、怪異に遭遇するように。その力を活かし、舞い込む怪異事件の捜査をするのが「特異捜査係」。縁切り神社、清滝《きよたき》トンネル、深泥池《みどろがいけ》……京都のいわくつきスポットで、新米バディがオカルト事件の謎を解く！

角川文庫のキャラクター文芸

ISBN 978-4-04-112868-8

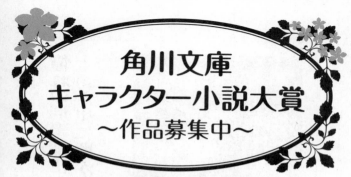